아들아 아들아,
네가 커서 어른 되면

아들아 아들아,
네가 커서 어른 되면

초판 1쇄 인쇄일 2021년 11월 1일
초판 1쇄 발행일 2021년 11월 10일

지은이 이문환
펴낸이 양옥매
디자인 표지혜 송다희

펴낸곳 도서출판 책과나무
출판등록 제2012-000376
주소 서울특별시 마포구 방울내로 79 이노빌딩 302호
대표전화 02.372.1537 **팩스** 02.372.1538
이메일 booknamu2007@naver.com
홈페이지 www.booknamu.com
ISBN 979-11-6752-035-7 (03800)

아들아 아들아, 네가 커서 어른 되면

이문환 × 에세이

50살 아빠가 중학생 아들에게 보내는 인생 이야기

책과나무

내 나이 오십.

내가 살아오면서 경험하고 느꼈던,

혹은 좌절하고 눈물 흘렸던

그리고 분노하기도 했던 내 지난날들을 되돌아본다.

그리고 미래를 살아갈 내 아이를 본다.

두 아이에게 하고 싶은 유언과도 같은

아빠의 이야기를 이 한 권의 책에 담았다.

[차 례]

5부   고개 들어 별을 본다

1부

내가 가족과
대화하는 법

다경아 대학 가야지?

"다경아, 대학 가야지?"

"아빠, 난 대학 안 갈거야."

"그래? 그럼 그렇게 해. 아빤 공주님 편이야."

옆에 앉은 아내는 별말이 없다.

"네 인생은 네 거니깐⋯."

.

.

.

"그래도 대학은 가야하지 않겠니?

이화여대 어때? 이화여대.

'나 이대 나온 여자야!' 몰라?"

"안 간대도?"

그래⋯.

데이트 신청

"아가씨, 오늘 아빠랑 데이트할까?"
"아니, 나 바빠."
"그래…."

바로 굴욕모드다.

아직도 두 아이는 나에게 존댓말을 하지 않는다.
아빠가 만만해서 반말을 하는 것이 아니란 것을
바보가 아닌 나는 안다.
나 역시 두 아이에게 존댓말을 하라는 말을
단 한 번도 한 적이 없다.

존댓말을 하는 순간
서로에게 의도된 예의를 갖추게 될 것이고,
그 순간 상하계급이 생겨버리기 때문에
부모와 자식 간에는 자유로운 대화가 단절된다.

어른으로서, 부모로서 아이에게
단호하게 행동해야 할 때를 제외하고는
늘 아이들의 눈높이에서
같이 대화하고 놀려고 노력하는 편이다.

"아빠는 초등학교 3학년같아."
아들 녀석이 제 엄마한테 하는 말이다.

엄마, 딸, 아들 셋이 한 팀이 되어
아빠 뒷담화를 하면서 박장대소한다.
우리집에서는 흔한 장면이다.
아내가 웃고, 아이들이 웃는다.
그 덕에 나도 웃는다.

난 아내가 웃을 때가 가장 좋다.
자식들이야 커서 제 남편 제 마누라 찾아서 떠나가겠지만,
와이프는 영감 할매가 되어도
한 팀이 되어야 하니 당연히 난 아내편이다.

처자식 자랑하는 놈은 팔푼수라 욕하지만,

그래서 뭐 어땠다고?

아들아 아들아,
네가 커서 어른 되면 1

절대 의사는 되지 마라.

이 세상 수많은 직업 중에 하나인 의사는 되지 마라.

아빠의 유언이다.

네가 진짜로 의사가 되고자 한다면

의대를 졸업한 후 대학원은 공대로 진학해라.

현대의학은 공학이 지배하고 있다.

MRI를 포함한 검사 및 수술 장비는

의사들이 아니라, 공학자들이 만든 것이란다.

21세기 AI시대는 빛, 즉 광선이란다.

아빠의 이 말을 꼭 명심하거라.

광선에서 AI시대를 대비하거라.

아들아 아들아,
네가 커서 어른 되면 2

"네가 커서 어른 되면 남 다스리는 어른 되어
돈 많고 권력있는 판사나 정치인 되어…"

괴성을 지르며 노래하던 '천지인'의 노래를 좋아했던 적이 있었지.
그때 난 생각했지.
내가 결혼해서 아이가 생기면 반드시 이 노래를 들려주리라.
그렇게 다짐했었던 대학시절이 있었지.

이제는 세상이 바뀌었어.
정치인이나 판사 그리고 내가 경험했던 교수도
여러 직업 중 하나일 뿐이라는 사실을 알았다.

내 아이가 살아갈 미래는
'창업'
그 길뿐이다.

아들아 아들아,
네가 커서 어른 되면 3

네가 커서 어른되면 축구재단을 만들어라.
자그마한 유소년 축구클럽을 만들 수도 있을 것이고,
역량이 된다면 프로팀을 창단할 수도 있을 것이다.
중도에 포기한 축구선수의 꿈을
구단주로 꽃피워라.

상상해보아라!
너의 재단에 소속된 감독을 비롯한 코칭스탭들이
운동장에서 선수들을 지도하는 모습을.
상상해보아라!
너의 재단마크를 단 유니폼을 입은 선수들이
넓은 그라운드를 힘차게 내달리는 모습을.
상상해보아라!
스탠드 제일 높은 곳에 위치한 VIP룸에서
그들을 내려다보는 네 모습을.
가슴이 터질 듯이 벅차오르지 않니?

제주유나이티드 스타디움에 혼자 앉아서

넓은 그라운드를 달리는 미래의 네 모습을 상상했던 것처럼,

6만 관중들이 너의 이름을 환호하는 전율을 상상했던 것처럼

축구클럽의 구단주가 되어있는 그 모습을 생생히 꿀 수 있다면,

그 꿈은 반드시 이루어진단다.

아빤, 그런 너의 모습을 보고 싶구나.

네가 만약 그 길을 간다면

너와 함께 운동했던 친구들과 선후배들이

너의 재단설립과 운영을 도와줄 것이다.

아빠가 죽기전에 네가 재단을 만드는 것을 볼 수 있을지 모르겠다만,

하늘에서라도 너의 모습을 지켜볼게.

구단주 이창민!

상상만으로도 아빠의 가슴이 벅차오르는구나.

아빠가 이렇게 좋은데, 울 아들은 얼마나 좋을까?

구단주 이창민!

미래의 네 모습을 생생히 상상할 수 있다면

그 꿈은 반드시 이뤄진다.

아빠 아이큐는 89

내 아이큐는 89다.

두 아이가 놀린다.

한두 번이 아니다.

아빠 아이큐는 원숭이와 대화가 된단다.

그런 아빠의 아이큐를 타고난 지들은 얼마나 높다고?

그 나물에 그 밥이지 뭐 다를까 싶어서?

아이큐를 재어보지 않았으니 알 리가 없다.

자기들이 공부를 잘하는 건 다 엄마 때문이란다.

아빠가 교수할 때 만든 작품이라

너희가 공부를 잘하는 거라 해도

도통 동의를 안 한다.

9급 공무원 엄마와

2급 공무원 교수였던 아빠의 머리 중에

누가 더 똑똑할까?

바 부!

내가 가족과 대화하는 법

아내에게는 웬만하면 경어를 사용한다.

카톡이나 문자는 100% 경어를 사용하고, 전화는 반반이다.

남편인 내가 아내에게 강한 어투로 반말을 사용하면

권력관계가 형성된다.

아내는 굴욕이 된다.

남편은 하늘, 아내는 땅이 된다.

자연스러운 대화가 단절된다.

아이와 대화를 하기 위해 존댓말을 사용하지 않고,

아내와 대화를 하기 위해 경어를 사용한다.

서로가 수평관계일 때 비로소 대화가 되기 때문이다.

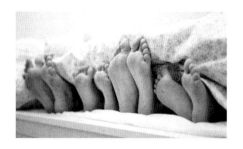

마을회관 철문에
배가 꽂힌 나

내가 어렸을 때 비가 내리던 어느 날
동네 마을회관 철문을 타고 넘다가
신고있던 고무신이 미끄러지면서 뾰족한 철문에
배가 꽂혀버린 사건이 있었다.

어린 나는 어쩌지를 못해 몸을 버둥거리며 울고 있는데,
마침 옆에 있던 담배가게 할머니가
어린 내 몸을 쑥 뽑아 올려 주셨던 기억이 있다.
그 흔적이 실제로 내 오른쪽 배에 상처로 남아있다.

언젠가 아이들 앞에서
아빠의 어린 시절 호기를 자랑하면서 배를 보여줬는데
아이들은 아빠가 얼마나 아팠을까를 걱정하는 것이 아니라,
까르르 웃더라.

내가 바보가 되면 아이들이 웃고,

웃는 아이들을 보면서 내 아내가 웃는다.

이런 우리집이 난 너무 좋다.

여보

'넌 누굴 닮아서 대체 그 모양이니?' 라는 말을
단 한 번도 하지 않았다는 것만으로도
우리는 두 아이에게 부모로서 역할을 잘하고 있는 것 같습니다.

'난 엄마처럼 살지 않을 거야.' 라는 말이
두 아이의 입에서 한 번도 나오지 않았다는 것 역시
부모로서 역할을 잘하고 있다는 것이겠지요.

내가 아이를 교육시키는
4가지 기준

첫째, 타인의 행동을 제약하지 마라.
싫다는 동생이나 친구들에게 네 생각을 강요하지 마라.

네가 옳다고 생각하는 것이
동생과 친구한테는 틀릴 수도 있고
네가 좋다고 생각하는 일이
다른 친구들한테는 좋지 않을 수도 있다.

네가 하고 싶으면
동생이나 친구들이 좋아할 수 있게 만들어라.
그리고 시간을 갖고 네 정성을 보이면
네가 좋아하는 일을 같이하게 될 것이다.
그것이 사람을 얻는 방법이다.

둘째, 다른 사람의 몸을 함부로 만지지 마라.
폭력이다.

타인이 원하지 않는 신체접촉은 폭력일 수 있고,

여성일 경우 성폭행이다.

범법 행위다.

구속 사유에 해당한다.

남의 몸을 함부로 만지지 마라.

셋째, 남의 물건에 손대지 마라.

이 또한 범법행위다.

바늘도둑이 소도둑 된다.

남의 몸에 손대는 것과

남의 물건에 손대는 것은 같은 맥락이다.

절대 해서는 안 된다.

넷째, 베풀어라.

나눌수록 자꾸 커지는 것을 알게 될 것이다.

이 말의 의미를 아직은 모르겠지만,

항상 강조하는 말이다.

남들에게 주어라.

친구들한테 돈을 먼저 써라.

쓰다보면 알게 될 거라 믿는다.

여보,
아이들 인생에 개입하지 마세요

내가 아내에게 늘 하는 말이다.
어른이 아이의 인생에 개입하면
그 아이는 잘되면 부모만큼 된다.

'학생은 선생을 넘어서지 못한다'는 말이 있다.
그 학생이 선생을 넘어서고자 한다면?
스승을 바꿔야한다.
청출어람? 그런 거 없다.

마찬가지다.
아이는 부모를 넘어서지 못한다.
넘어서게 하려면 그냥 두어야한다.
부모를 바꿀 수 없으니
아이의 인생에 함부로 개입하면 안 된다.

"선생님들이 저를 넘어서야 합니다."

대학원생들에게 내가 했던 말이다.

나를 넘어서지 못하면 교수가 되지 못하고

나를 반드시 넘어서야 교수가 되니 틀린 말은 아니다.

"지금은 나를 넘어선다는 것이 불가능하게 여겨지겠지만,

시간이 흐를수록 조금씩 자신감이 생길 것이며,

언젠가는 저를 넘어서게 될 것입니다.

그때 여러분이 오는 길 중간에 '이문환 교수님'이 있었다는

그 말 한마디면 저는 족합니다."

내 아이를 교육하는 방식도 이와 같다.

여보, 아이들 인생에 어른이 개입하면

당신 아들 9급 공무원만큼 됩니다?

아니면 나처럼 교수되든가.

우리 아이들은 세계를 무대로 움직일 인재가 될 겁니다.

그러려면 그냥 두어야 합니다.

스스로 도전하고,

실패하고, 좌절하고, 눈물 흘리고,

또 강해질 겁니다.

우린 그걸 믿어야 합니다.

당신의 아들과 딸 9급 공무원 만들 거 아니라면

아이들 인생에 함부로 개입하지 마세요.

우리 아이들은 대한민국을 책임지는 리더로 성장하게 될 겁니다.

난 믿는다.

우리 두 아이가 21세기 대한민국의 리더가 될 것이라는 것을.

수많은 좌절과 고통을 겪게 되겠지만,

병아리가 알에서 깨어나는 것처럼,

절벽에 떨어진 호랑이 새끼가

벽을 타고 올라 엄마 품으로 돌아오는 것처럼.

.

.

.

누군가 해야 한다면 내 아이들이 그 역할을 맡기를 바란다.

부모인 나 역시 가슴이 찢어지는 아픔이지만,

어쩔 수 없다.

내 아이는 내 아이의 길을 간다.

언젠가 아이들한테 했던 말이 기억난다.

"창민아 다경아, 네가 하고 싶은 일을 해라.
그러다 힘들어 지쳐 집에 돌아오면
아빠가 너희들을 꼭 안아 줄게.
'그동안 고생했노라'고…."

"하지 마라" 하지 마라

난 아이들에게
"하지 마라, 안 돼!"라는 말을 단 한 번도 한 적이 없다.
의도해서 그런 것은 아니다.

내가 어른이 되기까지 힘들게 결정한 것을
"하지 마라, 안 돼!"라고 말하는 사람이 세일 싫었다.
내 행동과 생각을 누군가가 제어한다는 것.
그것은 참을 수 없는 분노를 일으킨다.
적어도 나는 그렇다.

아이에게 "하지 마라, 하지 마라" 하면
그 아이는 아무것도 하지 못하는 바보가 될지도 모른다.
그래서 나는 아이가 뭔가를 하려고 할 때
"안 돼!", "하지 마!"라는 말은 하지 않는다.

하고 말고는 그 아이가 판단할 일이지

어른이 아이의 인생에 개입해서
"하지 마라, 안 돼!"라고 해서는 안 된다.
그것이 내가 아이를 책임지고 있는 부모로서의 절대기준이다.

"하지 마라"의 기준이 뭔가 생각해 보면
뭔가를 하려고 마음의 결정을 했던 아이의 기준이 아니라,
부모의 기준이라는 것이다.
그렇다면 부모가 경험했던 세상은 진실한가?
스스로에게 물어야 할 것이다.

뭔가를 하려고 결정하기까지
그 아이가 고뇌했을 시간을 존중해 주어야 한다.
인간은 짜장면을 먹을지 짬뽕을 먹을지도
결정하지 못하는 존재다.
아이가 어떤 결정을 하든 그 결정은 위대하다.
존중해 주어야 한다.

어른의 기준에서 보면
아이는 항상 불안하고 나약한 존재다.
어른의 눈에서 보면 실패할 것이 눈에 훤히 보인다.

그 불안하고, 나약하고, 실패가 보이는 것은
불안하고 나약하고 한 번도 시도해 본 적도,
성공해 본 적도 없는 부모의 생각일 뿐.
하려고하는 아이에게 부모의 기준을 강요해서는 안 된다.

실패하고 좌절하고 고뇌하고 울어 보고,
다시 일어서고 성장하고 어른이 되어 가는 것은
그 아이가 오롯이 감내해야 할 역경이고
시련이고 좌절이고 슬픔이다.

그 과정을 거쳐야만 성숙한 어른이 되고,
적어도 부모보다 나은 어른이 될 것이라는 게
나의 흔들리지 않는 생각이다.

콩잎도 두터운 흙을 뚫고 올라와서 열매를 맺는다.
만물의 영장인 인간인데 뭔들 못할까?

여보, 창민이가 나만큼 살 수 있을지 걱정입니다

"당신이 뭐가 그리 잘났어?

쪼그만 한 의원 하나 한다고 세상이 만만해 보여?

창민이가 뭐가 어때서 당신과 비교를 해?"

"하이고, 무서워라.

제 아들 뭐라 한다고 이 정도로 정색을 하고 덤빌 줄이야."

.

.

.

지난 50년 세월을 찬찬히 회고해 보면

참 힘들었다는 생각이 든다.

수많은 시련을 극복해 오면서 이 나이까지 살아왔는데

내 아들이 나만큼 시련을 극복한다면 딱 나만큼 살 것이며,

이 아빠보다 더 큰 시련을 극복할 수만 있다면

아빠보다 더 큰 일을 할 수 있을 것이다.

물론, 내 아이가 원하는 삶이라는 전제와
내 아이가 감당할 수 있는 세상의 무게라는 전제하에.

여보, 우리는 아이들에게 재산을
절대 물려주지 않습니다.
모든 돈은 아이들 교육에 투자하고,
돈은 절대 물려주지 않습니다.

부모가 자식에게 돈을 물려주는 순간,
그 아이는 바보가 된다.
'물고기를 잡아 주지 말고, 물고기 잡는 법을 알려 줘라.'
말이 쉽지 절대 안 된다.

부모가 나이가 들어도
제 한 몸 늙어지는 줄도 모르고 돈을 버는 이유를 물어보면
자식한테 물려주겠단다.
그 돈 자식한테 물려주면 자식 다 망치는 줄을 모른다.
난 우리 아버지의 모습을 보고 알았는데….

울 아버지는 할아버지가 물려주신 재산을 어쩌지를 못해
정말 아무것도 하지 않았다.
물려준 재산 지켜보겠다고 애를 썼지만,
손가락 사이로 빠져나가는 모래알처럼
그렇게 흔적도 없이 사라져버렸다.
그 유산 지키느라 살아온 삶이 여든을 향해 가고 있다.

난 내 자식한테 절대 유산을 물려주지 않는다.
돈은 스스로 벌어야 한다.

여보, 설령 우리가 재산이 많아서 재단을 만든다고 칩시다.
당신 아들이 부모 재산 지키면서
재단이사장 하면서 사는 인생을 원하세요?
돈을 물려주면 그 아이는 아무것도 하지 못하는 바보가 됩니다.
도전을 해 보지 않았기 때문에 실패도 없지만,
결국 그것으로 끝입니다.

창민아 다경아, 회사를 만들어라.
엄마 아빠의 재산으로 너희들 회사 주식을 사 줄게.
회사가 힘들 때 엄마 아빠가 갖고 있는 주식으로

다시 회사를 살려내라.

현금은 절대 못 준다.

우리는
중간지대에서 만나요

창민이는 중국가고
다경이는 미국가고
엄마아빠 진주에 있을게.

여보, 아이들이 자라면
두 아이가 대한민국에 있다는 보장이 없습니다.
우리는 중간지대에서 만납니다.
각자 골프채 들고 중간에서 만납니다.

다경이와 창민이는 대학가면 골프부터 배우고.
엄마아빠랑 한 게임하자.
다경이는 남자친구 데려오고,
오빠는 여자친구 데려오고.

우리 아이가 자랄 세상은
우리가 사는 세상과는 완전히 달려져 있을 테니깐.

제사다, 추석이다, 설이다 해서
온 가족이 한곳에 모이는 것은 불가능하다.
미국, 중국으로 흩어져 살지도 모르는데,
어느 천년에 대한민국 진주로 다 모인다는 것인가?

그러니 당신과 내가 가야지.
필리핀이나 베트남 혹은 말레이시아나 괌 등
우리 네 가족이 가장 단시간에 모일 수 있는 제3의 지대로.

그곳에서 모여 얼굴보고,
각자의 나라로 고고씽
당신과 나는 진주로….

그런 세상이 펼쳐질 겁니다.
마음의 준비를 합시다.

제사를 없애는 건 어떨까요?

나는 4형제 중에 외아들이다.

내 아내는 딸 셋에 맏이다.

우리 둘이 감당해야 할 집안 대소사가 너무 많다.

"장례식을 가족끼리 조용히 치르는 것은 어떨까요?"

몇 년 전에 내가 아내에게 제안한 것이다.

장례치를 돈은 충분하니, 조문객은 받지말고

가족끼리 마지막을 회상하는 영상을 시청하면서

조용히 마무리하는 게 어떨지 제안했었다.

그리고 다가올 제사

기제사만 1년에 4번, 설·추석 명절제사 합치면 총 6번이다.

1년에 6번을 제사 지내야 한다.

설마, 중조·고조할머니와 할아버지 제사는 안 지내겠지?

문제는 아이들이다.

최소한 서울.

좀 더하면 중국이나 미국에서 생활할지도 모를 두 아이가

1년에 최소 6번을 비행기로 진주까지

오게 한다는 것은 거의 불가능하다.

여보, 이거 대체 어째야 하는 겁니까?

창민이 마누라 도망갈 것 같아요.

다경이 남편은 또 어쩌고.

어떻게 좀 해 보세요.

정치적 성향이 다른 아내와
산다는 것

단 한 번도 진보정당이나 정치인을 찍어본 적이 없는
딸 셋의 맏이인 내 아내
단 한 번도 보수정당이나 정치인을 찍어본 적이 없는
2대 독자인 나
달라도 너무 다르다.

정치적인 성향의 차이는 사물을 바라보는 관점도 다르더라.
심지어 운동을 배우는 방법도 다르더라.
당신과 나는 정치적인 성향만 다른 게 아니라,
운동을 배우는 법도 다르군요.

15년을 함께 살았다.
재혼을 해볼까 생각도 했지만,
그게 내 맘대로 되는 게 아니잖은가!
나이 늙고 키도 작은 나를 어느 여자가 좋아하겠는가!

그래도 이만큼 잘 살아왔지 않은가!

2,200만 원 공무원 아파트 전세에서 시작한 우리의 결혼 생활

지금은 진주에서 가장 멋진 동네에

리조트형의 2층짜리 단독주택에 살고 있으니.

이만하면 됐다.

서울대 나온 집안 식구들에 비하면 감지덕지다.

한때는 친척들이 그랬지.

제사 때만 되면 큰집인 우리집에 와서

장손인 녀석이 공부도 못하고 서울대도 못 들어갔다고

입만 열면 걱정이 한가득이었는데,

이제는 집안 식구들이 대하는 태도도 180도 바뀌었다.

내가 뭘하는 사람인지 정확하게 알지는 못하시겠지만,

부모님의 입을 통해 자식자랑하는 이야기를 들어

각자 판단하셨으리라.

이만하면 됐다.

나도 만족한다.

이제 그만 달리고 멈추고 싶다.

쉬고 싶다.

시어머니, 시댁

"창민이 며느리는 안 그럴 거예요."
시어머니, 시댁이라는 말만 나오면
지옥을 경험한 것 마냥 경기를 일으키는 아내.
창민이 와이프는 절대 안 그럴 거란다.
시어머니인 자기랑 친하게 잘 지낼 거란다.

누구 맘대로?
창민이 마누라 의견은 들어 보지도 않고?
당신 맘대로 며느리한테 잘해준다고 하지만,
받아들이는 그 며느리는 생각 안 해?
상대가 원하지 않는 호혜는 폭력입니다?

앞으로 20년 후 지금보다 더하면 더했지,
지금보다 덜하진 않을걸?
당신이 우리 부모님한테 한 거 그대로 되받게 될걸?
그렇게도 인생을 몰라?

시부모를 벌레 보듯 하는 당신 스스로를 되돌아보세요.

명절날에도 시골에 가지 않았던 당신의 과거 행적을.

무슨 얼어 죽을 말을 하시나요?

창민이 와이프와는 아예 인연을 끊어야 합니다.

당신이 시어머니라는 자체가 죄인입니다.

당신과 창민이 와이프는 절대 섞일 수 없는 물과 기름입니다.

당신이 저질러 놓고 당신은 안 그러겠다고?

창민이 마누라가 당신보다 더하면 더했지 덜하지는 않을걸?

법륜스님이 그랬어요.

자신이 저지른 과보는 반드시 받아야 한다고….

내가 죽거든

여보, 내가 죽거든 무덤을 만들지 마세요.
얘들아, 아빠가 죽거든 슬퍼하지 마라.
화장해서 바람에 날려 보내라.
제사 지내지마라.
매년 제삿밥 먹으러 찾아오는 것도 싫다.
아빤 바람이 되고 싶구나.
살다 힘들어 그늘 아래 쉴 때 시원한 바람이 불거든
아빠가 왔구나 생각하렴.

나도 한때는 그랬지.
무덤을 높이 세우고,
양옆에는 키보다 높은 비석을 세우고,
제단은 번쩍거리는 대리석으로 만들어
'이학박사 이문환'의 이름을 후대에 남기리라.
그래서 내 무덤에 절하러 오는 내 후손들이
이 할아버지를 보고 청춘을 열심히 살게 하리라.

열심히 공부했고,

박사학위를 받았고,

교수도 해봤다.

그리고 나이 오십이 되어보니

드는 생각은 단 하나더라.

'아무 의미 없다.'

살아서 정상을 밟아 본 자로서 느끼는 허무함인지 모르겠지만

죽어서 무덤 만드는 거 아무 의미 없더라.

살아서 잘 사는 게 좋더라.

살아 보니 그렇더라.

만유인력의 법칙

인간의 욕심 혹은 탐욕은 인간의 본성이다.
그 탐욕이 인류를 발전시킨 근간이다.

하지만, 욕심이 과하면 일을 그르친다.
내가 원하는 게 있으면 다른 사람도 똑같다.
내가 양보하는 것은 신만이 가능할 정도로 어렵다.

그래도 양보해야 한다.

하나를 양보하면 하나가 돌아온다.
모양과 형태가 다를 수는 있지만,
시간이 늦고 빠름의 차이가 있지만,
반드시 돌아온다.

돌아오지 않으면
만유인력의 법칙은 수정되어야 한다.

포기할 줄 아는 것도
용기다

아빠가 축구를 하게 한 것은
초등 6학년 때 서산 경기를 보고.
화려하고 현란한 드리블을 하지는 않지만,
멋진 슈팅 파워가 있는 것도 아니지만,
골대 앞에서 공을 무서워하지 않고 달려드는
너의 강인한 모습에 반했기 때문이었지.
그리고 축구화를 신고 운동장에서 축구를 하는
너 스스로 즐겁고 행복해했기 때문이었어.

마중 1학년.
거제 전지훈련 때 스탠드에서 추운 모습으로
벌벌 떨면서 점퍼로 얼굴을 덮고 앉아있던 니 모습.
그때 아빠에게 첫 고민이 시작되었어.
그리고 경기하는 모습을 관람했지.

스피드를 이기지 못하던 네 모습.

시간이 지나면 스피드와 파워가
올라올 거라고 내심 기대를 했었어.
잘생긴 아들 걱정에 자꾸만 흔들리는 엄마를
아빠 늘 다독여왔지.

마중 축구부 버스를 타면 뿌듯하다는 너의 말에
아빠 네가 축구하는 것이 행복하다면
아무래도 상관없다고 여겼지.
그리고 합숙소 내부의 문제로 힘들어할 때
아빠 중대한 결정을 했고, 동중으로 선학.
마중에 비해 모든 게 다 좋았지.

그리고 작년 한 해 너의 모습을 계속 봐 왔어.
.

.

.

창민아.
한 사람이 지속적인 좌절을 겪게 되면
나이가 들어도 그 어떤 결정을 하지 못하는
바보가 되어 버린다.

아빠 창민이랑 같은 집에서 자고,
가족끼리 도란도란 행복하게 살고 싶구나.

내 아들이 매사에 자신감을 갖고 살았으면 한다.
그래야 더 큰 세상에서 힘있게
너의 의지를 갖고 세상을 살아 낼 테니깐.

그동안 고생 많았다.
축구한 세월을 아깝다 여기지 마라.
포기할 수 있는 것도 큰 용기다.

축구를 그만두고 공부를 해야 하는
새로운 환경으로 이동하지만,
두려워하지 마라.
네 뒤에는 가족이 있다는 거 잊지 마라.
기죽지 말고.

넌 아빠의 아들이야.
사랑한다. 파이팅!

[덧글]

　이 글은 아빠인 내가 아들이 축구를 접고 학교로 돌아오기를
바라는 마음에서 눈물로 적은 글이다. 이 글을 먼저 아내에게 보
여 줬고, 선뜻 승낙한 아내의 뜻을 받아들여서 내 아들과 상의했
다. 창민이의 의중을 확인한 다음 코치와 감독님께 창민이의 의
사를 전달했으며, 그날 저녁 모든 선수가 모여있는 회의장에서
마지막 인사를 끝으로 축구복과 축구화를 벗고, 교복과 멋진 운
동화를 신고 일반 중학교로 등교를 시작했다. 1년이 지난 지금
내 아들은 과학자를 꿈꾸며, 과학고 진학을 위해 공부에 매진 중
이다.

2부

내 가슴에 박혀 있던
돌 하나

미운 세 살

세 살이 왜 미울까?
그것은 언어를 구사하기 때문이다.
근데 왜 말을 하는 세 살이 미울까?
자신의 의사를 표현하기 때문이다.

안 돼!
이 한 단어로 행동을 통제할 수 있었던 세 살 이전보다
이제는 더 많은 단어로 아이를 설득해야 하니
부모가 스트레스를 받는다.

'이것들이 말을 안 듣는다' 여긴다.
말 잘 들으면 딱 부모만큼 되는데….
그걸 모르니,
말 잘하는 제 자식이 밉단다.

중2병이 있단다.

중2가 되면 생기는 병이 있다는데,

잘은 모르지만,

아마도 중2가 되면 부모 말을 안 듣는다는 것일 게다.

태어났을 때는 우주를 품을 만큼 크게 키워놓고

중2만 되면 왜 부모 수준으로

아이들을 끄집어 내리려고 할까?

태어날 때 우주를 품고 태어난 우리의 아이들입니다.

아이들을 그냥 자유롭게 내버려 두세요.

장인어른을 보내며 1

밤늦은 시간 응급실에 도착했을 때
큰딸인 내 아내는 놀라고 걱정되고 무서워서 말을 한다.
"어떡해. 우리 아빠 가슴이 아픈데, 저렇게 누르면 어떡해?"

응급실에 들어서는 순간
심폐소생술을 하는 의사와 그 옆에 늘어선 간호사들,
산소호흡기를 코와 입에 꽂은 채
의사가 부러진 가슴뼈를 초 단위로 눌러도
침대가 오르내리는 리듬에 맞춰 몸이 움직일 뿐,
그 어떤 미동도 하지 않는 축 늘어진 모습을 보았습니다.

맏사위였던 나는 아무런 말도 할 수가 없었습니다.
의사도 못 살리는데 난들 뭘 할 수 있었을까요?

내 아내의 걱정스런 말에
간호사가 던진 비수의 칼날 같은 말.

"그만둘까요?"

참을 수 없는 그 가벼움.

죽음을 앞둔 가족에게 던지던 그 가벼운 말.

내 아내에게는 그 어떤 대꾸도 할 수 없게 만들었던 그 말.

"그만둘까요?"

죽은 사람도 살려내야 할 의료인이,

보호자가 말려도 치료를 계속해야 할 의무가 있는 의료인이

절대 해서는 안 될 말.

"그만둘까요?"

경상대학병원 응급실 책임간호사

좀 전에 내 아내에게 했던 말.

의료에 대해 아무것도 모르는 내 아내가

자신의 아버지가 교통사고로 가슴뼈가 부러진 것을

엑스레이를 봐서 아는 내 아내가

당연히 할 수 있는 말 아닌가요?

가슴뼈가 부러진 아버지의 가슴을
심폐소생술을 하는 모습을 보고
당연히 할 수 있는 말 아닌가요?
그런 내 아내에게 '치료를 그만둘까요?'라는 말은
너무 잔인하지 않나요?

의료인이라면 죽은 환자라도 살려내는 것이
의무이며 책임일 것인데,
물론 수없이 밀려들어오는 환자를 치료해 내느라,
이 늦은 밤 시간에 근무하느라
지치고 짜증나는 선생님의 마음을
이해 못하는 것은 아니지만, 그래도
'그만둘까요?'라는 말은 너무하지 않나요?
.

.

.

당시의 화난 감정이 아직도 사라지지 않는다.

장인어른을 보내며 2

사망진단서에 찍힌 두 글자
'병사'
교통사고로 인해 사망한 것이 명백한데
사망진단서에 기록된 사인은 병사란다.

담당 의사를 만나게 해 달라고 요청했더니
간호사가 전화를 건다.
자다가 깨셨는지, 졸린 목소리로
이런저런 대화가 이어진다.

곧이어 담당 간호사가
사고사로 사망진단서를 수정해주었다.

곰곰이 생각해 보았다.
분명 교통사고에 의한 사고사인데,
왜 병원에서는 굳이 병사라고 했을까?

.

.

.

이것이 대한민국 대학병원 응급실에서

일어나고 있는 현실입니다.

모르면 당한다.

당한 놈이 바보가 되는 세상.

이것이 지금 대한민국 의료계의 현실입니다.

의사의 무능함에 대해 1

죽을 사람이 살아나고,

병든 사람이 낫는 것이

의사의 치료행위에 의한 것인지,

환자 스스로 회복된 것인지 생각해 보았습니다.

장인어른이 돌아가시는 날.

수많은 환자들이 응급실을 들어오고

병실로 이동하고 혹은 퇴원하는 모습을 보았습니다.

저 역시 병원에서 물리치료사로 근무하고 있지만,

과연 의사의 치료행위에 의해 환자가 낫는 것인지,

아니면 환자 스스로 낫는 것인지 깊이 생각해 보았습니다.

장인어른은 이른 새벽 횡단보도를 건너시다가

자동차에 부딪히는 사고를 당했습니다.

자동차가 가슴과 충돌한 사고였습니다.

사고 당시에는 의식을 잃었지만,
의식에서 회복된 장인어른은 대화도 하고,
담당의사는 엑스레이 판독 결과
별문제가 없다는 소견을 냈습니다.
입원 수속을 끝마친 후 출근을 했습니다.

오후 4시.
아내로부터 걸려온 급한 전화
"여보, 아버지가 위독하시대."

병원으로 달려갔을 때 실제로
장인어른은 위독한 상태가 되어 있었습니다.
산소호흡기에 의지한 채 가쁜 숨을 몰아쉬고 있었습니다.
대화가 불가능한 상태였습니다.

왜 이런 상태가 되었는지,
담당의사도 정확하게 답을 못합니다.
의식이 돌아올 때까지 기다리는 것 외에
아무런 조치를 할 게 없답니다.

저녁 6시쯤.

대학병원으로 이송할 것을 의뢰해서

대학병원 응급실로 이동했습니다.

상황이 더 악화된 것입니다.

대학병원에서도 의사로서

별다른 조치를 취할 방법이 없는 것을 보았습니다.

저는 똑똑히 보았습니다.

산소호흡기를 장착한 채 약물의 양을 증가시키는 것 외에

환자 스스로 깨어나길 기다리는 것 외에

아무것도 할 게 없던 의사들의 모습.

제 눈에는 무능해 보였습니다.

바쁘게 응급실을 뛰듯이 다니는

수많은 간호사와 의사들의 모습이

너무 하찮게 보였습니다.

밤 12시.

장인어른은 호흡이 멈췄고,

의사들의 마지막 심폐소생술을 끝으로

사망선고를 받았습니다.

의사의 사망선고를 그대로 받아들이는 것 외에

저는 아무것도 할 수 있는 게 없었습니다.

그렇게 장인어른을 보내고 시간이 흐른 어느 날.

장인어른이 호흡곤란으로 사망하게 된

경위를 알게 되었습니다.

그것은 바로

흉골의 골절에 의해 폐 손상이 발생했고,

폐출혈에 의해 산소가 들어갈 공간이 없었던 것입니다.

초기 엑스레이에서 발견되지 않았다 하더라도

의사라면, 적어도 응급실 의사라면 단번에

흉골의 미세골절로 인한 폐출혈 가능성을

알아챘어야 했던 것입니다.

그랬다면, 만약 그랬다면

초기 호흡곤란이 왔을 때 흉곽개복술을 통해

손상된 폐를 치료할 수 있었을 것이고,

추가적인 출혈을 멈춰 정상적인 호흡을 할 수 있었을 것입니다.

.

.

.

하지만 저는 아버지를 잃은 제 아내에게

아무런 말도 하지 않았습니다.

아니, 진실을 말할 수 없었습니다.

여보, 미안해요.

되돌릴 수 없는 결과였기에 당신에게 말해 본들

당신 마음만 더 상처 날까 걱정되었던

내 마음을 헤아려주세요.

의사의 무능함에 대해 2

수술실을 벗어난 의사가
환자 치료를 위해 할 수 있는 게 없다.
엑스레이는 방사선사가 찍고,
주사는 간호사가,
약은 약사가
치료는 물리치료사가 한다.

진료실에서 의사가 할 수 있는 것은
약 처방, 주사 처방, 엑스레이 처방
그리고 물리치료 처방이다.

유일하게 하는 일은 눈에 뻔히 보이는
엑스레이 사진을 해석하는 것이다.
의사가 아니라도 다 보인다.
환자들도 안다.

진료 안 보고 물리치료만 받고 싶어요.

하루 종일 컴퓨터 앞에 앉아 있는 의사라는 사람
참 무기력해 보인다.

월급은 천정부지로 높아서
남는 돈을 어쩌지를 못한다.

이게 대한민국 의사의 모습이더라.
내가 본 의사의 모습은 한결같더라.
사람 살리는 의사?
난 그런 의사 본 적이 없다.

대한민국 국민 여러분께 묻습니다.
대한민국 의료계의 현실.
과연 이대로 만족하십니까?

내 아내가 변했다

삐삐삐삐~

대문 비밀번호를 누르는 소리가 들린다.

곧이어 육중하면서도 묵직한 소리를 내면서

커다란 철문이 철커덕 부드럽게 잠긴다.

와이프다.

내가 누워있던 방문을 반쯤 열고 인사를 한다.

"여보, 나 왔어."

기분 나쁘지 않을 정도로 예를 갖추고

큰방으로 가서 옷을 갈아입은 아내가

방문을 열고 들어와 내가 누워있는 침대가에 걸터앉는다.

참 생소한 장면이다.

평소에는 아니, '항상' 술에 취해 늦게 들어와서는

하루 동안 있었던 일들,

누굴 만나서 어떤 이야기를 했고,

만난 사람들의 성향과 특징을

미주알고주알 아내에게 털어놓는 것은 항상 나였는데,

아내가 누워있는 큰방 침대가에 걸터앉아서

술에 취해 혀 꼬인 소리로

미주알고주알 털어놓는 사람은 항상 나였는데.

그런 내 모습을 닮아버린 것일까?

"뭐 듣고 있어?"

"유튜브 듣고 있어."

침대에서 상체를 말아 올려

이도 저도 아닌 엉거주춤한 모습으로 침대에 앉았다.

"여보, 무슨 할 말 있어?"

"아니."

"내가 뭐 잘못한 게 있어?"

"아니."

"돈이 필요한 거야?"

"아니."

"직장 잘 다니고, 월급도 많이 가져다주고,

사는 집도 좋고, 아이들한테도 잘하고….

그런 내가 뭘 잘못했을까?

혹시 왜 큰방에서 안자고 다경이 방에서 잔다고 온 거야?"

"아니, 아버지 죽고 나니

살아 있다는 것이 참 중요한 것 같아.

내 곁에 당신이 있고, 우리 가족이 있다는 것이 좋아요.

돈도 필요 없는 것 같고."

"…."

"…."

"누구는 살아 있는 자체가 고통이고 지옥인 사람도 있겠지."

"…."

"살아 있더라도 좋은 집에서

좋은 자동차를 타고, 좋은 직장이 있고,

월급도 많으면서 살아 있는 게 더 좋지 않을까?

나도 8년 전에 대학에서 사직했을 때

'매달 2백만 원만 당신에게 줄 수 있다면

세상 밖에서 내가 하고 싶은 일을 마음껏 하면서

살 수 있을 텐데…'라는 생각을 했던 적이 있었지."

"당신 없으면 어떻게 살지 걱정이야."

"…"

"…"

"그 참, 다가오지 않은 미래를 지레 걱정하지 마세요.

그건 그때 가서 생각해보고, 대처하면서 살 수 있을 겁니다.

나도 요즘 아이들과 당신이 날 찾지 않아서

혼자 지내는 방법을 터득해 가고 있는 중이었는데,

며칠 전부터 자꾸 나를 찾는 바람에 패턴이 조금 깨졌지만…"

"창민이와 다경이가 성장하고 당신과 나 둘이 남으면

이 큰 집에서 어떻게 살까 늘 생각 중이야.

얼마 전에 다경이가 수학여행 가서

당신과 나 둘만 집에 있을 때 굉장히 어색했는데….

3일째 되는 날 조금씩 적응이 되려고 했는데,

마침 3일 만에 다경이가 집에 와 버렸지만….

다 적응하면서 살게 될 거야. 걱정하지 마세요."

아내의 눈가에 눈물이 맺힌다.

어두운 방 안이었지만 목소리에서 눈물이 보였다.

.

.

.

"엄마왔어?"

큰방에서 자려고 누워있던 딸아이가 엄마를 데리러 왔다.

그렇게 아내와의 대화가 중간에서 끝이 났다.

딸 셋에 맏이인 아내의 감정이 복잡한가 보다.

나이 오십이 다 되어 아버지를 보내고 가을을 타는 아내

남편으로서 같은 편으로서 내 역할이 필요할 것 같은 느낌

나 역시 딸 셋에 아들 하나 2대 독자다.

나에게 아버지가 계시지 않으면 어떤 느낌일까?

오래전부터 곰곰이 생각해 보았는데,

현실적으로 다가오지 않는다.

아내는 지금 아버지를 떠나보낸 슬픔을 견뎌내고 있다.

서로가 서로에게 잘해주려고

서로가 서로에게 상처주지 않으려고

애써 노력하는 것보다

같이 살아온 날들이 있기에

의도하지 않은 말과 행동으로

아내 곁에 있어 줄 필요가 있겠다.

부부.

어떻게 정의 내릴 수 있을까?

그냥 아무 말 없이 곁에 있어 주는 것.

그것만으로 충분하며,

그 이상 필요없는 것이 부부인 것 같다.

내 가슴에 박혀있던 돌 하나

한국국제대 교수 시절

내부 교수와의 마찰로 인해

난 늘 가슴속에 응어리진 돌덩이를 안고 살았다.

이러다 죽는 것은 아닌가하는 두려움이 들 정도였다.

테니스를 치다가도 휴식을 취할 때면

여지없이 가슴 정중앙이 아려왔다.

고통의 시간이었다.

일요일 오후부터 가슴 정중앙에 아리한 통증이 느껴졌다.

자고 일어나면 닥치게 될 월요일 한 주의 시작.

난 이미 주 7일 중에서 6일 반을 고통 속에서 살았다.

사건의 내막은 이렇다.

2008년 한의사들이 '한방물리요법'이라는 이름으로

물리치료 영역을 파고들 때

협회에서 아무런 행동이 없던 것에 분노한 나는
장문의 글을 협회홈페이지에 올렸는데,
글 내용이 교수의 품위에 어긋난다는 것이 나의 죄목이었다.

그해 나는 대한물리치료사협회의
비상대책위원회 위원으로 선임되었고,
진주에서 서울을 오가는 고난의 행군을 이어가면서
물리치료사들을 독려하기 위해 많은 글을 작성했다.

전국의 물리치료사와 학생이 함께한
서울집회 때 사회를 봤고,
대전, 부산, 창원에서 대중연설과 가두시위를 주도했다.

이러한 나의 모습은 당시 학과장의 주청으로
재단이사장한테 전달되었고,
나에게는 단 한마디 물어보지도 않고
학과장의 말을 진실로 받아들인 채,
나는 '인사위원회'에 회부되는 치욕을 겪었다.

인사위원회에서 단 한 차례 사실 확인이 있은 후

이제는 논문이 문제가 되었다.

학부생들이 실험한 논문에 교수의 이름이 등재된,

이른바 논문 표절 사건이다.

사건의 내막은 이렇다.

동료 교수가 지도했던 학생들의 논문을

본인이 통계 처리를 해 주었더니

그 감사(?)의 뜻으로 이문환의 이름을

내 허락도 없이 올린 것이 문제였다.

지금은 학회지명도 생각나지 않는 미등재지 학회지였던

그 학회지에 이문환의 이름이 실렸다는 것이

논문 표절 사건의 핵심이다.

문제는 해당 학회의 간사가 후배 교수였다는 점.

해당 논문이 학회에 접수되었을 때

누구보다 잘 알고 있는 후배 교수가

실험에 참가하지 않은 이문환의 이름이 올려져 있다면

교신저자인 동료교수에게 수정요청을 해야 마땅함에도 불구

하고,

후배 교수는 그렇게 하지 않았다.

학생 논문에 내 이름이 등재된 것은
책으로 출판되어 버린 후에야 난 알았다.
다분히 의도된 것이었지만, 되돌릴 수 없는 상황이었다.
당시의 심정은 외통수에 걸려들었다는 느낌이 들었다.

당시 나는 한국국제대 임용 2년차 때
'교수업적평가심사위원회' 위원이었다.
이 직책이 의미하는 바는 수많은 논문과 집필 등
교수들의 연구업적의 진실성 여부를 판단하는 직책이었고,
그 위원회의 일원이었다는 점이다.

본인은 1년에 서너 편의 논문을 발표했던 사람이며,
총 편수는 40편이 못되는 논문을 발표했던 사람인데,
무슨 욕심이 더 있어서 등재지도 아닌 일반 학술지에
그것도 학생논문을 표절했을까?
상식적으로 납득이 안 되는 부분이다.
본인 역시 동료 교수가 내 이름을 올려도 되느냐고
진작 나에게 물어봤으면 좋았을 텐데 하는 아쉬움이 남는다.

결국 난 교학처장으로부터

이사장이 나의 재임용을 원치 않는다는 소식을 들었고,

교학처장 또한 동료 교수인 나의 편이 아니라,

돈과 권력을 갖고 있는 인사권자인 재단이사장의 편이었다.

더 이상 굴욕을 감당하기가 힘들었다.

그 자리에서 사직서를 제출했다.

준비된 사직서가 없었던 터라,

교학처장 책상 위에 있는 이면지에 사직서를 작성하고

자필 서명 후 교학처장에게 건네는 것으로

나의 교수 생활은 마무리되었다.

내가 죽어야 비로소 끝날 것 같은

지긋지긋한 이 상황은 그렇게 마무리되었다.

10년 세월이 흘렀지만,

아직도 힘들고 억울했던 그때가 잊히지 않는다.

개꿈을 자주 꾼다.

오늘 나는 이렇게 역사에 남기는 것으로

그간 내 마음속에 응어리졌던 돌덩어리를 내려놓는다.

사람만이 희망이다

박노해 시인의 책 제목이다.
20년도 넘은 대학 때 읽었던 책이지만,
스물 남짓 했던 당시의 내가 이해하기에는 너무 어려웠다.

『노동의 새벽』처럼 강한 글과는 달리
시인의 내면에서 나오는,
진보운동의 끝까지 가 본 시인이
마음속에서 득도한 시였다는 것을 당시에는 몰랐다.

20여 년이 지난 2019년 10월
우연히 서재에 꽂혀 있던
20여 년이 넘은 그 책을 다시 읽는다.

이제야 시인의 마음이 오롯이 내게 전해진다.
말 하나하나 내 뼛속에 전해진다.
말이 없어진다.

깊은 상념에 빠져든다.

감동이 올라온다.

그래서 오늘 지금.

나도 시를 쓰고 싶다.

.

.

.

그래서 시작된 나의 글쓰기.

지금 막 『사람만이 희망이다』 책을 모두 읽었다.

가슴이 먹먹하다.

잠깐 책을 내려놓고 긴 호흡을 한다.

죽음에 대해

죽으면 어떻게 될까?

죽으면 끝이더라.

내가 죽었던 것이 실제로 죽었던 것인지 모르지만,

나는 세 번의 죽을 위기를 겪었고,

한 번은 죽었다.

15년쯤 전, 아버지와 시골의 밤나무 산에 벌초를 하다가

땅에 터를 잡고 살던 땅벌을 건드린 것이다.

벌 알레르기가 있는 나였기에 벌에 쏘인 후

온몸이 가려워 오고, 두피까지 근질근질거린다.

여름비가 추적추적 내리던 날.

나는 토를 하고, 설사를 하면서

산에서 미끄러져 겨우 내려왔다.

옷이 황톳물과 풀물로 엉망이다.

아버지가 운전하시던 봉고차에 올라

운전석 옆에 시체처럼 누웠다.

그리고 잠이 들었다.

1시간을 달려 진주에 도착했다.

병원에 도착해서 깨어났다.

얼굴이 퉁퉁 붓고 옷은 엉망진창인지라,

응급실에서 근무하던 간호사분들이 나를 못 알아본다.

같은 병원 물리치료실에서 근무하던 동료 직원인 나를.

코에 인공호흡기를 꽂는 순간

호흡이 되면서 정상적인 호흡이 되었고,

다시 살아났다.

1시간을 난 죽어 있었다.

근데, 꿈속이 아니었다.

잠을 자면 꿈속에서 많은 일들이 벌어지지만,

내가 죽었던 1시간은 아무런 사건이 벌어지지 않았다.

침묵이었고, 고요함 그 자체였다.

나는 없었다.

그저 편했다.

죽음이란 아무런 꿈도 꾸지 않는 제로의 상태다.

그게 죽음이더라.

살아 행복하고, 살아서 잘살면 된다.

죽어서 천국 가겠다고 하지만,

그런 천국 없더라. 지옥도 없더라.

그냥 편안한 곳. 그래서 영면이라 하나 보다 싶다.

어쩌면 오늘 또 죽고 내일 또 태어나는 일이

반복되는 것은 아닐는지.

살아 잘 지내시죠.

3부

내가 만난
의사들

꼰대

요즘 어른들을 부르는 말은 '꼰대'다.

내가 어릴 때 어른은 '어르신'이었다.

어르신이 어쩌다가 꼰대가 되어 버렸을까?

어른이 어른으로서의 위치를 상실한 것은 무엇 때문일까?

많은 생각을 해 봤나.

이 시대 어른을 어른이라 부르지 않고, 존경하지도 않고,

꼰대라는 말로 어른들을 비아냥거리게 되었는지.

.

.

.

그것은 바로 지식이다.

정보가 오픈되어 있는 지금

어른의 위치는 오히려 젊은 사람들이다.

내 어린 시절로 되돌아가 보자.

농경사회에서 산업사회로 전환되던 시절인지라,
의령이라는 시골에서 농업이 주류였던 당시의 모습을
어렴풋이 생각해 보면 답이 나온다.

당시 내가 어렸을 때 논에 물을 언제 대야 하는지,
볍씨는 언제 담가야 하고, 언제 모내기를 하고,
언제 물을 빼고, 언제 수확을 해야 하는지….

이 모든 정보들은 경험을 해 본
동네 어른들이 제일 잘 알고 있었고,
나의 어머니 역시 동네 어른을 찾아가서
묻곤 하던 것이 생각난다.

바로 이거다.
당시의 어른은 지식을 독점하고 있었다.
경험이 곧 지식이었다.

하지만 2021년 지금 정보는 오픈되어 있고,
정보에 접근하는 방식은 스마트폰을 필두로 한 인터넷이다.
이제 더 이상 경험이 필요 없는 세상이 되었다.

더 이상 경험이 지식이 되지 않는 세상을 살고 있는 것이다.

이것을 모르니
'너 몇 살이니?'로 서열을 정리하려고 하고,
'나 때는 말이야?'라는 등의 어쭙잖은 과거경험으로
젊은 사람을 줄 세우려고 하니
먹혀들지 않는다.

그래서 어른을 어른으로 보지 않고,
꼰대라는 신용어를 만들어 낸 것이다.
어른을 비아냥거릴 마땅한 단어가 없었는데,
'꼰대'라는 단어의 탄생과 함께
어른의 지위를 일거에 무너뜨리는 혁명을 한 것이다.

역사는 돌고 돌며, 끊임없이 앞으로 진보하는 것인 만큼
20~30년 이후 꼰대들을 향한 비아냥거림을
받아들여야할 것이다.

그렇게 또 세상은 변화·발전해 갈 것이다.

남는 자가 이긴 자다

직원 둘이 싸운다.

A직원이 내게 와서 B직원을 잘라 달란다.

B직원은 A직원을 잘라 달란다.

나의 선택지는 다음의 세 가지다.

1. A 직원을 자른다.

2. B 직원을 자른다.

3. 두 직원 모두 자른다.

결국 A직원이 스스로 사직서를 제출했다.

단 하루라도 B직원과는 함께 근무할 수가 없단다.

숨이 막혀서 살 수가 없단다.

B직원이 이겼다.

1승이다.

그 승리가 영원하지는 않을 테니

언젠가는 B직원도 떠날 것이다.

직원들의 평균 근속 기간은 평균 2년 이내 최대 3년.

신규 직원의 이력서를 받아 보면

열에 아홉은 1년 단위로 이직을 한다.

직원이 바뀌면 직원을 잘랐다고

모진 놈이라고 째려본다.

시선이나 말투에서 느껴진다.

직원들의 사직 혹은 이직의 제1순위는

오너와의 불편함 때문이 아니라,

직원들 간의 불협화음 때문이란 사실을 아는가?

결국 남는 자가 이긴 자다.

돈의 노예가 되지 말고,
돈이 나를 따르게 하라

말이 쉽지, 참 어렵다.

물리치료사인 나는 어떠한가?

가운을 입고 환자를 치료하는 내 모습을 상상했을 때

그 기쁨은 이루 말할 수가 없었다.

실제로 나는 물리치료사가 되었고,

가운을 입고 병원에서 환자를 치료하는 기쁨을 만끽했다.

그리고 박사가 되었고, 교수가 되었다.

임상에 있을 때나 교수가 되었을 때

늘 내 노동의 가치가 너무 적다는 생각은 했지만,

마음의 중심에는 늘 '나는 물리치료사다'라는 자부심이 있었다.

그리고 지금 내 나이 오십.

돈보다는 물리치료사라는 자부심으로 살아온 결과

나는 지금 그 누구도 따라오지 못하는 위치에 있고,

그 누구도 엄두 내지 못할 부를 갖고 있다.

이제는 남는 돈을 남에게 나눠주는 상황이 되었다.

돈을 좇아서 이곳저곳 이직을 하는 물리치료사들 참 많다.

그들을 보는 내 마음은 안타깝다는 말 외에 달리 할 말이 없다.

내가 말해 준다 한들 알아듣지 못하니,

그 또한 그들의 삶이라 자조할 뿐 어찌할 도리가 없다.

그리고 나이 오십이 되었을 때

10년, 20년 전의 모습이나 지금의 모습이나

변한 것이라고는 전혀 없는 자신의 인생을 발견했을 때

그땐 이미 늦었다는 사실.

그 사실을 깨우친다 해도 되돌아갈 수 없다는 사실.

그게 인생이라는 사실.

그렇게 눈물을 흘리게 될 것이고,

그 가난은 또다시 자식에게 대물림되고 있는

엄연한 현실을 알아차렸을 땐 이미 늦었다는 사실.

눈물만 흐를 뿐.

내 자식 또한 나의 모습을 보고 배웠으니

내 자식 또한 나의 전철을 그대로

밟아 갈 것이라는 것은 안 봐도 비디오다.

물리치료사들이여!

환자를 치료하는 치료사로서

자부심을 갖고 환자치료에 임한다면

세월이 지날수록 부가 계속 쌓이게 될 것이고,

그 어느 누구도 따라오지 못하는 부자가 될 것입니다.

이딴 데

"이딴 데 다닌다고 하면 남들이 저를 욕할 겁니다."
이딴 데?
펭귄의원이 이딴 데인가요?
어느 병원 정도 되어야 이딴 데가 아닌가요?
이사장인 나에게 할 소리는 아닌 것 같군요.

육십두 살 은퇴한 늙은 사람을 채용했더니
이딴 말로 나의 염장을 지른다.

내 아무리 직원 8명이 근무하는 작은 의원을 운영하고 있지만,
자신에게 일자리를 준 내 면전에 대고
그것도 공짜 밥을 먹으면서
'이딴 데'라고 아무 거리낌 없이 내뱉는다.
몸은 늙어도 입은 늙지 않고 나불대는 그 가벼움

언놈은 나를 도와준다고 하더니

．

．

．

그리고 보면 나는 참 죄 많은 인간인가 봅니다.

우리는 남이다

병원은 전문가 집단이다.

개인의 역량을 발휘하라.

그 결과를 보고 인사권을 가동한다.

이것이 내가 조직을 운영하는 큰 틀이다.

조직을 흔들지 마라.

자지도 않고 밤샘 고민의 결과가 지금의 모습이다.

더 나은 모습을 원하면 개선점을 제시하든지,

아니면 스스로 그 길을 가라.

절이 싫은 중이 절을 떠나듯이.

가거든 아주 민주적이고,

직원 최우선주의 정책을 펼치는 오너가 되라.

나를 닮지 마라.

레인보우를 아는가?

카투사 로고다.

다양한 국적의 사람들이 모여

조화롭게 군대를 만든다는 의미다.

개인주의 성향이 강한 국가일수록

법이 세세하고 엄격하다.

읍참마속(泣斬馬謖)의 심정으로 두 명을 해고한다.

조직을 흔드는 자 예외 없다.

단칼에 자른다.

4차원 1

고용노동부에서 전화가 왔다.
퇴직금 미지급 건으로 고발이 들어왔단다.

4차원 이놈.
카톡 문자 한 번 없이,
전화 통화 한 번 없이
.

.

.

퇴사 후 2주가 지났음에도 퇴직금 지급이 이뤄지지 않았다고
국가의 힘을 빌려 나와의 약속을 파기하겠다고
고용노동부에 고발을 한 전 직원

오늘 고용노동부 담당 경찰을 만나고 왔다.
부산지방고용노동청진주지청 근로개선지도과 특별사법경찰관

하나. 기본급+인센티브 20%를 지급한다.

하나. 퇴직금은 기본급으로 하며, 1년 초과 시 발생한다.

쌍방이 합의한 위 내용을 무참히 무산시킨 이놈 4차원.

쌍방이 합의한 위 내용이 무시되는 대한민국 노동 현실.

나는 인간을 노동시킨 나쁜 놈인가?

아니면 고용을 창출한 사회 공헌자인가?

노동자 중심 대한민국

직원을 채용해서 노동을 시킨 나는

그래서 죄인입니다.

4차원 2

카톡 프로필에 펭귄의원 도수치료사 약력이 올라 있길래
'서로 좋게 헤어진 것도 아닌데 프로필 사진 내리는 게 어떠니?'
라고 카톡을 보냈다.

조금 뒤 벌어진 일.
펭귄의원 도수치료사 약력은 그대로 둔 채
고용노동부에서 밀린 퇴직금을 지급하라는 명령서를 떡하니
올린다.

어떻게 이럴 수가 있지?
인간이 개보다 못한 짓을 하다니.
한때 자신을 가르친 교수였던 나에게
어찌 이럴 수가 있지?

밀린 퇴직금도 다 줬고,
실업 급여도 받게 해 줬고,

근무하는 동안 크게 문제되지도 않았고,

송별식도 기분 좋게 잘했는데,

내가 대체 무슨 잘못을 한 거지?

나에게 대체 무슨 서운한 게 있는 거지?

말을 안 하니 한참을 생각해 봤다.

사제 간에 벌어진 이 일을 어떻게 해야 할지

몇 날 며칠을 고민했다.

전화도 받지 않고,

카톡 대화도 되지 않는다.

모욕이었다.

내가 취할 수 있는 단 하나의 방법

경찰서에 고소했다.

죄명은 명예훼손죄.

담당수사관이 묻는다.

"선생님, 실제로 처벌을 원하세요?"

"그럼 제가 어떻게 할까요?

욕을 할까요?

몽둥이로 팰까요?

아니면, 차에 불을 지를까요?

내가 할 수 있는 방법이

이것밖에 없으니 고소를 한 것입니다."

.

.

.

쌍방의 합의가 무효가 되는
대한민국

기본급 + 인센티브 20%를 지급한다.
퇴직금은 기본급으로 한다.

물리치료사와 맺은 근로계약서다.

쌍방이 합의한 이 계약서가 무효라는데,
쌍방이 합의하더라도 국가가
지급하라고 명령하면 지급해야 한 대요.
2주 안에 지급하지 않으면
검찰 고발 조치 후 형사 처벌 대상이래요.

하이구야, 내가 죄인이구나.
고용노동부 담당공무원이 냉소적으로 쏘아보던 그 눈빛

공무원 나으리, 내가 죄인입니다.
죽을죄를 지은 죄인입니다.

밀린 퇴직금을 지급하겠습니다.

살려 주세요.

.

.

.

이게 대한민국이며, 공무원입니까?

법을 앞세운 깡패가 아니던가요?

'기본급을 퇴직금으로 지급한다'라는

쌍방이 합의하에 맺은 이 계약서가 무효라니….

난 이 단서 조항에 대한 법의 해석을 받고 싶다.

그렇게 시작된 국민신문고 민원.

법률구조공단에서 회신이 왔다.

'법정퇴직금보다 약정퇴직금이 적을 경우

법정퇴직금을 지급해야 합니다.'

인생을 걸어라

"선생님은 물리치료사라는 직업에 인생을 걸 자신이 있나요?"
내가 도수치료를 하는 물리치료사 선생님한테 던진 질문이다.
"네."

말이야 쉽지, 말속에서 '인생을 건다'는 말의
무게감이 느껴지지 않는다.
'인생을 건다'는 것이 무엇을 의미하는지 모르는
가벼움이 느껴진다.

고물상을 하는 사람도 90%는 실패하지만,
성공하는 10%가 있고,
빵집을 하는 사람도 성공하는 10%가 있고,
음식점을 해도 성공하는 10%가 있다.

실패하는 90%와 성공하는 10%의 차이는 단 하나
'인생을 건 자와 걸지 않은 자'의 차이다.

인생을 건다는 것은 모든 것을 건다는 것을 의미한다.

배수의 진을 치는 것이다.

물러날 곳을 생각지 않는 것이다.

물러날 곳이 있다고 생각하는 순간

100% 에너지를 집중하지 못한다.

물리치료사로서 도수치료에 인생을 걸 수 있습니까?

그렇다면 끊임없이 독서를 하십시오.

이 세상에 나와 있는 모든 의료 서적을 다 읽겠다는 집념으로

실제로 모든 책을 읽어야 합니다.

머릿속에 지식을 쌓아 갈수록 혜안이 생기고,

질환을 바라볼 때 전모가 눈에 보이기 시작합니다.

이 길을 올 수 있다면

나이 오십이 되었을 때 저를 넘어설지도 모릅니다.

나이 오십이 되어도 센터를 지키고 싶다면 독서를 하십시오.

반드시 그래야 합니다.

내가 만난 의사들

개원 전 처음으로 만난 의사 선생님

눈 코 두 개 입 하나 나랑 똑같네?

급히 돈이 필요하다고 급여를 선불로 달라 하신다.

돈 많은 의사 선생님이 돈이 부족하다니 뭔 사연이 있겠지,

믿고 첫 월급 1,300만 원을 선불로 지급했다.

이런, 개원하는 날 출근을 하지 않고 먹튀를 하셨네요.

고려신용정보회사를 통해 원금 회수를 시도했지만,

신용불량자라 10원짜리 한 장 회수를 하지 못했다.

대한민국 의사들 중에 신불자가 그렇게 많다네요.

그다음 채용한 서울대 출신 의사

서울대 출신이라 기대했더니 별반 다르지 않은 외모에 놀랐다.

체중은 100킬로, 키는 170 정도

출근한 지 1주일도 채 되지 않아

무릎이 아프다면서 목발을 짚고 출근을 하신다.

노란색 등산용 조끼를 입고
땀에 흠뻑 젖은 몸으로 진료실에서 환자를 본다.
세수도 하지 않고, 땀 냄새나는 몸,
덥수룩한 수염, 항상 지쳐 있는 얼굴,
정확하게 설명이 되지 않는 환자 진료….

점심시간이면 녹초가 되어 진료실 침대에 널브러져 눕는다.
퇴근만 하면 힘이 샘솟는지 밤이면
불나방처럼 이 술집 저 술집 다니면서 유랑을 하신다.
결국, 3개월 만에 고향 서울로 가신다며 사직하셨다.

세 번째 의사.
의전 출신 일반의.
김포에서 소아병원 봉직의로 근무하고 있단다.
2개월 뒤에 진주로 이사를 온다길래 얼씨구나 좋다고 채용했지.

2명의 대진의를 교체해 가면서 2개월을 기다렸다.
진료실에 이비인후과 장비를 설치해 달란다.

본원은 근골격계통증환자들이 주로 오는 곳인데.

이비인후과 전문의도 아니면서 이비인후과 진료를 보시겠단다.

치료용 전동의자와 비경스코프 등

각종 이비인후과 장비를 설치했다.

시간이 지날수록 온갖 요구가 쏟아진다.

1,100만 원에서 시작한 월급이 1,800만 원을 넘어간다.

욕심이 끝이 없다.

공휴일 휴진, 대체공휴일도 휴진

매달 넷째 주 토요일도 휴진

학회 간다고 휴진,

여름 해외의료봉사 간다고 휴진,

겨울 해외의료봉사 간다고 또 휴진.

제약회사를 통해 무료로 받았다는 약을

진료실 뒤편에 수십 박스 쟁여 놓고

1년에 2번씩 하나님 말씀 전하러 해외 오지로 가신다.

3년이 지난 어느 날 사직서를 제출했다.

나 몰래 개원을 준비하셨더라.

"펭귄의원 원장과 도수치료사들"이 온다는 플래카드를 본
지인의 전화를 받고서야 비로소 원장님의 개원을 알게 되었다.

서울이 아니라, 엎어지면 코 닿을 진주에서
개원을 비밀리에 진행하셨네요.

사직한 바로 그다음 날 개원한 병원에서 진료가 시작되었다.
본원과 똑같은 시스템으로.
도수치료사 2명이 동행했다.
이런, 안동에서 운동센터 낸다고 사직한 놈도 같이 있단다.
참 끼리끼리 논다.
.

.

.

지금도 펭귄에서 근무할 때처럼 똑같으시겠지?
설마, 공휴일 근무를 하실까?
설마, 토요일 근무를 하실까?
겨울과 여름 5일간 해외의료봉사는 가시겠지?
추석과 설 명절에는 직원들에게
수백만 원의 보너스는 꼭 챙겨 주시겠지?

회식은 진주에서 제일 비싼 소고기로 하시겠지?

그런 줄 알고 3명의 도수치료사가 동행했겠지?

네 번째 채용된 마취과의사.

주사 한 방이면 안 낫는 환자가 없단다.

그렇게 치료를 잘하시면 직접 개원하시지.

속으로 한 말이다.

자신을 허준이라고 뺑치던 한의사에 비하면 귀여운 수준이다.

내심 기대했다.

1달도 채 되기 전에 기대는 무산되었다.

진료실은 정상이 되지 않았다.

어느 날, 피부 성형을 하겠단다.

본인이 개발한 약제가 있단다.

제약회사에서 합법적으로 식약처 허가를 받지 않은 약을

의사가 임의로 환자 얼굴에 주입해도 되는지 모르겠다.

결국, 진주에 있는 의료생협으로 이직하셨다.

같은 지역, 그것도 같은 의료생협으로의 이직.

상도에 어긋나도 한참 어긋난다.

．

．

．

나이 50세 일반의.

항상 얼굴에 짜증이 나 있는 우리 원장님.

자그마한 키에 체중은 약 80킬로그램,

얼굴은 붉은색이고,

뒷목은 불룩하고, 어깨는 거북목

배는 나와도 너무 나왔다.

사장님 배라고 좋다 하시나?

여든 넘은 식당 할머니가 놀린다.

우리 원장님,

뭔 짜증이 그렇게도 올라오실까?

저러다 쓰러질까 걱정된다.

간호사가 몇 번이나 울었는지 모른다.

근무한 지 5개월째.

이제 조금 적응이 되시나 했더니

천성은 안 바뀐다더니 여전하다.

입만 열면 일 못하겠다고, 사직하겠단다.

결국 입사한 지 6개월 만에 사직하셨다.

또 전국 어딘가로 떠돌아다니시겠지.

참, 불쌍한 인생이다.

이번에는 어떤 의사가 원장으로 오실까?

기대보다 걱정이 앞선다.

하루하루가 스펙터클한 각본 없는 영화를 찍는다.

단 하루라도 원장님 걱정 없이 편한 하루를 보내고 싶다.

이것이 내가 만난 대한민국 의사들의 모습이다.

인간관계를 등한시하고, 공부만 하던 아이가 돈 잘 번다는 의사가 되었지만, 세상 사람들과 소통하지 못하고, 한번 들어박힌 자신의 고집을 꺾지를 못한다. 나이만 들었을 뿐 생각하는 것은 영 어린아이와 같다. 그래서 인생이 불쌍하다는 것이다. 결국 그렇게 늙어 죽을 수밖에 없는 인생을 보면서 내 자식만큼은 공부벌레로 키워서는 안 되겠다는 다짐을 한다.

4부

내가 살던
고향은

공무원 아들

군대를 전역하고 복학하니 세상이 바뀌어 있었다.
공무원 준비 플래카드가 캠퍼스에 게시된 것이었다.
놀랐고, 의외였지만, 세상이 변하고 있는 것을 그때는 몰랐다.

환아, 졸업하면 공무원 해라.

아버지의 주문과도 같은 나의 직업 공무원.
싫었다.
나의 노력에 따라 위치가 변하지 않는 공무원은
나와는 맞지 않았다.
막연했지만, 그런 느낌이었다.

내 나이 오십이 된 지금,
그때의 선택을 후회하지 않는다.

'나는 대한민국 물리치료사다!'

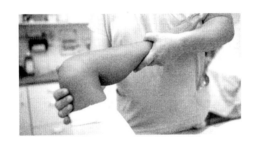

죽어서야 자식을 만난
어느 고인의 모습

몇 년 전 카이스트 교수의 어머니 장례식장에
조문을 하러 간 적이 있었다.
입구에 위세를 과시하듯 늘어서 있는 수많은 조화들.

그 잘난 아들을 둔 고인은 살아생전
아들이 얼마나 자랑스러우셨을까?
진주 촌놈이 카이스트 교수를 하고 있으니
입만 열면 동네 사람들에게 자식 자랑하는 낙으로 사셨을 텐데.

그래 본들, 죽어서야 아들 얼굴을 볼 수밖에 없으셨을 그 어머니
그 잘난 아들은 고향 진주에 부모님을 두고
객지에서 생활하셨을 것을, 그게 다 무슨 소용이란 말이더냐.

당시에 나는 대전 을지의대 물리치료학과 교수로 재직 중이었다.
외아들인 나는 부모님 곁으로 와야 한다는 생각이 들었다.
그래서 진주에 있는 한국국제대학교 물리치료학과에 임용되었다.

교수되기 쉽지 않지만, 난 그렇게 고향으로 돌아왔다.

그 누군가가 했다면 나도 할 수 있다

어머니, 이병철도 사람이잖아요?

당신의 아들인 저도 똑같은 사람이잖아요?

왜 이병철은 되는데, 저는 안 될 거라 생각하세요?

이 아들이 잘 사는 모습 꼭 보여 드릴 테니

건강하게 오래 사십시오.

10년 전 대학을 사직한 날,

의령에 계신 부모님을 찾아뵙고 드렸던 말씀이다.

억장이 무너져 내렸을 어머니의 마음에

또 다른 비수를 꽂는 말이었을지도 모른다.

하지만, 나는 약한 모습 보이기 싫었다.

미약하기는 하지만, 어느 정도 자신감도 있었다.

교수로 재직할 때는 연구와 강의 외에

수익 사업을 할 수 없었다.

두 가지 일을 할 수 없다는 자괴감이

늘 나를 괴롭혀 왔었던 터였다.

나이 오십이 된 지금

이병철의 발끝에도 미치지 못했지만,

난 내가 갈 수 있는 곳까지 도달했다고 믿는다.

더 이상의 욕심은 없다.

이만하면 됐다.

의령 촌놈 이문환, 살아 내느라 욕봤다.

내가 살던 고향은

내가 태어나 살던 곳을 잊을 수가 없다.
내 죽기 전에 꼭 내가 살던 집과
똑같은 집을 지어야겠다는 생각을 늘 하고 있다.

작년에 주택을 설계하고 새집을 지었다.
초현대식으로 설계를 했다.
아이와 아내가 원하는 대로 집을 지었다.

내 마음속에는 내가 어릴 적 살았던 집이
생생하게 기억에 남아 있다.

큰 나무 대문이 양쪽에 있어서
문을 열면 삐거덕하는 소리와 함께 육중하게 열린다.
대문을 열고 들어가면
왼쪽에는 거름을 쌓아 둔 창고용 공간이 있고,
오른쪽에는 외양간이 있었는데,

2마리 정도의 소와 송아지가 있었다.

왼쪽 거름용 창고 앞에는 화장실이 있었고,

오른쪽 외양간 앞에는 사랑방이 있었다.

이곳을 지나면 넓은 마당이 펼쳐진다.

마당 왼쪽에는 높디높은 거름이 있었고,

그 앞에는 경운기가 있었다.

마당 끝 왼쪽에는 수돗가와 장독대가 있었다.

마당 오른쪽에는 담벼락에 붙어서 제작된 곡식창고가 있었다.

높은 춧담을 올라가면 왼쪽에는 부엌이 있었는데

남향으로 열린 공간으로 햇살이 연출하는

회절 현상을 항상 보았던 기억이 있다.

부엌에는 2개의 솥단지가 있었고,

한켠에 '미쯔비시 기술제휴'라는 밥솥이 있었다.

부엌에서는 큰방으로 연결되는 쪽문이 있었는데,

그곳으로 어머니는 식사를 날랐다.

마당 정면에서 바라보면 왼쪽은 부엌과 큰방이 붙어 있고,

정가운데가 압권이다.

마루다.

마루 뒤쪽에 텃밭과 연결되는 여닫이문이 있었는데,

여름에 문을 열면 바람통이 되어서

에어컨이나 선풍기가 없던 시절이었지만,

더위를 모를 정도로 시원했다.

가운데 마루를 두고 오른편에 방이 하나 더 있었고,

춫담이 끝나는 오른쪽 끝에 큰 솥이 있었는데,

소죽을 끓이는 용도로 주로 사용되었다.

동네에서 유일한 기와집이었다.

특이한 것은 동향으로 지었다는 점이다.

할아버지께서 지은 집이라고 하는데,

통상적으로 남향으로 집을 짓는 것에 비해

왜 동향으로 지었는지 모르겠다.

지금 기와집은 철거되고, 터만 남아 있다.

기와의 무게를 이기지 못해 대들보가 휘어졌다고 한다.

이 형태대로 내 집을 설계하고 싶다.

언젠가 그 꿈이 이뤄지기를 바란다.

가난이 대물림된다는 것

100년 전 우리 할아버지가 살았을 조선 말기
보릿고개를 겪었던 그때 그 시절.
무지렁뱅이 농군이었을 할아버지,
윗대의 증조할아버지, 그리고 그 윗대의 고조할아버지,
그리고 그 윗대의 우리 조상님들.

해방 이후 태어나신 아버지
그리고 2021년을 살고 있는 나.
과연 무엇이 바뀌었나?
먹고 입고 자는 것이 좋아지고,
교통이 편리해진 것 외에 뭐가 바뀌었나?
그때도 서민이었고,
100년이 지난 지금도 서민인 이 삶이 무엇이 바뀌었나.

할아버지의 가난이 아버지에게,
아버지의 가난이 나에게 대물림되었듯이

나 역시 이 가난의 고리를 끊어 내지 못하면
또다시 내 아이에게 대물림된다는 사실.

이 가난은 내 대에서 반드시 끊어 낸다.
그리고 자식에게 절대 물려주지 않는다.
그런 생각으로 나는 세상을 살았다.

내 나이 오십.
더 부자로 혹은
더 풍요롭게 혹은
더 잘 살지 못한 것은
내 능력의 한계로 인정하기로 했다.
내가 가질 수 있는 부는 딱 이 정도이며,
내가 오를 수 있는 곳은 딱 여기까지다.
더 이상 욕심내지 않는다.
과욕이 화를 부른다.

더 나은 삶은 내 자식이
바통을 이어받아 갈 것이라 믿는다.

울 엄마의 이혼 계획

울 엄마

엄마 올해 나이가 몇이세요?

늙어 가는 아들은 늙은 엄마의 나이도 모른다.

내가 고등학교 다닐 땐 그랬지.

"우리 하이가 대학 가면 이혼할 거다."

다짐한다.

나도 긴장한다.

대학을 갔더니

"하이 니가 대학 졸업하면 이혼할 거다."

긴장감은 덜하지만 또 긴장한다.

"엄마 이혼 안 하세요?"

"우리 하이 군대 제대하면 이혼하고 절에 다닐 거다."

이제 계획이 잡힌 듯.

"엄마 이혼 안 하세요?"

우리 하이 취직하면…
우리 하이 결혼하면…
그 세월이 70년이다.
이제 더 이상 핑곗거리가 없어지셨다.

내가 중학교 때부터 시작된 엄마의 이혼 계획은
단 한 번도 실행되지 못했다.

가끔씩 1년에 하안거 동안거한다고
두어 달씩 천태종 본산 가시고 월경사에 가신다.

이혼은 언제 하시려나?

70이 넘은 지금도 두 분은 다투신다.
아버지는 엄마가 무식해서 같이 못 살겠다 하고,
엄마는 아버지 때문에 못 살겠다 하신다.

이혼하면 아들이 잘 보살피겠다 해도

돌아서면 또 같이 다니신다.

그렇게 살아온 인생.

자식 된 저는 두 분을 지켜볼 뿐입니다.

그게 저의 도리라 생각합니다.

두 놈이 서울대 가던 날

그해 난 노가다를 했지.

1년에 열 번의 제사를 지내던 우리 집.

장맛비가 시작된 6월의 어느 날,

비를 쫄딱 맞고 노가다를 하고 집에 돌아왔을 때 본 장면

집안 어른들은 아버지를 중심으로 마루에 앉아 자식 자랑

그 속에 기죽어 있던 한 남자 아버지….

부엌으로 가니 펼쳐진 장면

어머니를 중심에 두고 펼쳐지고 있는 자식 자랑의 향연

그 속에 기죽어 있던 내 엄마

내 나이 오십이 되었건만 아직도 잊혀지지 않는다.

그다음 날 바로 재수학원에 등록했지.

대학 가겠다고.

한샘학원.

지금은 사라지고 없지만,

원장님이 집안의 형님이라,

서울대 나온 형님.

대학가겠다고 재수학원에 등록했더니

나를 교회에 데리고 간다.

난 목사가 되려고 재수학원에 온 게 아니라

대학을 가려고 재수학원에 왔다구요….

그리고 바로 영수단과학원으로 이동,

독서실과 학원을 무한 반복하는 6개월

그해 난 영어영문학과에 합격했지.

그리고 지금은 '대한민국 물리치료사'입니다.

난 반대다

10년 전 '22세기 척추연구소'라는
이름을 걸고 센터를 운영할 때다.
아버지 입에서 툭 튀어나온 이 단어,
"난 반대다!"

10년간 내 마음속에 응어리로 남아 있는 단어다.
이제 내 마음을 글로 남기려 하니
두 가지 마음이 혼재된다.

하나는 '분노'다.

교수였던 아들이 교수직을 그만두고 한다는 짓이
환자들에게 돈을 받고 몸이나 주물러 주고 있으니
나의 모습이 아버지의 눈에는 영 탐탁지 않았을 것이다.
아니면 측은한 마음이었을까요?

땀을 뻘뻘 흘리며 치료하고 있던 내 모습을 보고
나가시면서 툭 던진 말,
"난 반대다!"

눈시울이 붉어지는 아버지의 뒷모습을 봤습니다.
아버지는 다시 학교로 돌아가길 원하는 눈치였지만,
사실, 돌아갈 수가 없었습니다.
나는 죄인이었습니다.

.

.

.

그러면서 드는 생각
난 왜 항상 남의 자랑거리여야 하는가?
나는 나일 뿐이고, 나는 내 삶을 사는 것뿐인데
부모님은 내 아들 교수라고 자랑하고
장인장모는 내 사위 교수라고 자랑하고
가족들도 그러고, 심지어 친구들도 그런다.

나는 누구인가?

왜 이들을 기쁘게 하는 사람이어야 하는가?

싫지는 않았지만, 그렇게 좋지도 않았다.

부담이었다.

아버지,

아버지는 아들인 저에게 대체 어떤 존재였나요?

초등학교 때 그렇게 영민하던 저를

진주로 전학시킨 후 아예 바보로 만들어 버렸습니다.

고향에 그 많은 농사는 어머니한테 맡겨 두고

부잣집 사장님 자가용 운전수를 하시던 아버지는

사직 후 시내버스 운전을 하셨고,

중학교 스쿨버스를 차입해서 집 재산 털어먹고

조개공장 통근버스 차입해서 털어먹고

유치원버스 차입해서 또 털어먹고

결정적으로는 버섯공장 하면서 완전히 다 털어먹었습니다.

할아버지가 남겨 주신 그 많은 산과 논, 밭, 집….

그 많은 유산을 다 날려 먹고

이제는 늙은 몸 하나 부지하면서 사시는

아버지의 지금 모습은 대체 무엇인가요?

아버지의 삶 속에서 저는 방치된 상태였습니다.

제가 너무 가혹한가요?

제 이야기를 계속해 보겠습니다.

중학교 1학년부터 시작된 친구와의 싸움은 끊임이 없었습니다.

어머니를 때리던 그 모습 그대로 저는 닮아 있었습니다.

아버지의 폭력성은 저에게 고스란히 전달되었고

전 끓어오르는 분노를 주체할 수 없을 지경이었습니다.

참 많이도 싸웠습니다.

내가 대학 가면 자가용을 사 주겠다던

그 약속을 지키지 않은 것을 전 기억하고 있습니다.

내가 대학만 가면 전 재산을 털어서라도

'하이 니 공부는 시켜 줄게.'라는

약속을 지키지 않은 것을 전 기억하고 있습니다.

'하이 니가 유학 가면 진주 집을 팔아서라도 보내 줄게.'

라고 했던 약속을 지키지 않은 것을 전 기억하고 있습니다.

아들의 등록금조차 제대로 주지 못했던

그 아버지를 전 기억하고 있습니다.

하나 있는 아들 결혼식 날.

너무도 초라해 보이던 아버지의 모습을 전 잊을 수가 없습니다.

허리띠로 어머니를 때리던 그 모습을 전 잊을 수가 없습니다.

아버지한테 맞아 서럽게 우시던

어머니의 모습도 잊혀지지 않습니다.

아들 결혼 준비하면서 혼수가 오갈 때

아버지의 굴욕적인 모습이 잊혀지지 않습니다.

신혼집 마련할 때 공무원아파트 전세금으로

2천만 원만 준 것에 대해

아버지의 며느리는 20년 세월 동안 서럽다고 합니다.

석·박사 과정을 거치면서 등록금으로 빌린

은행 돈도 결혼 후에 상환하느라 힘들었다고 합니다.

제 아내의 그 말을 듣는 저는 언제나 죄스럽고 괴롭습니다.

저는 아내의 한을 20년간 받아 내고 있습니다.

시부모를 벌레 보듯 하는 며느리

대체 누가 이렇게 만들었습니까?

내가 이혼을 해서라도 이 악연을 끊고자

장모님을 모시고 의령에 갔을 때

아버지가 보여 준 우유부단한 모습이 잊혀지지 않습니다.

집으로 돌아갈 때 마치 전쟁에 승리한 승전자의 모습이 되어

보무도 당당하게 창민이의 손을 잡고

걸어가시던 장모님의 뒷모습이

이 나이 먹도록 잊혀지지 않습니다.

오른손에 외할머니 손을 잡고, 왼손에 엄마 손을 잡고

뒤돌아보지도 않고 걸어가던 내 아들,

창민이의 그 모습이 잊혀지지 않습니다.

하지만 저도 부모인지라,

제 자식에게만은 상처를 주고 싶지 않아서

눈물로 살아온 세월이 20년입니다.

아버지는 저에게 이런 분이셨습니다.

그런데 또다시 저에게 교수가 되기를 원하셨습니다.

제가 교수가 되기까지, 그리고 학교를 사직할 때에도

그 어떤 도움을 주지 않았으면서

이 아들이 다시 학교로 돌아가기를 바랐던 것은 무슨 연유인
가요?

제가 교수를 그만두기까지 국제대에서 고통받았던 시간에

아버지는 대체 무엇을 하셨습니까?

전국교수협의회장인 교수님이

직접 재단이사장에게 선처를 구하고

대한물리치료사협회장이 나서고

대학원 제자들이 저를 구제하기 위해

재단이사장에게 찾아가 굴욕을 당하고

학부생들이 탄원서로 재단이사장에게 저의 복직을 요구하고

제 아내가 저를 살리기 위해 백방으로 뛰어다니며 굴욕을 당
할 때

아버지는 저를 위해 대체 무엇을 하셨습니까?

그랬던 아버지가 '내 아들 교수'라는

자랑거리가 필요했던 것입니까?

아버지 덕분에 저는 인생의 큰 교훈을 얻었습니다.

'적어도 내 자식은 나와 같은 부당한 시련을 당할 때

힘이 되어 주는 아버지가 되어야겠다.'

월권을 행사하겠다는 것이 아니라,

부당한 외압에 쓰러지지 않게 버팀목이 되겠다는 것입니다.

아버지를 통해 배운 인생 경험이니 감사할 따름입니다.

창민이와 다경이가 잘 성장하고 있는 것이

거저 된 일인 줄 아십니까?

아이들은 부모의 모습을 보고 성장하는 것입니다.

아버지의 모습을 통해 반면교사로 제가 배운 것입니다.

그래서 감사드리는 것입니다.

어른은 그래서는 안 됩니다.

아들이 힘들어 울고 있다면

그 아이의 마음을 먼저 달래 주어야 합니다.

잘잘못은 그 후에 해도 늦지 않습니다.

그런데 아버지는 단 한 번도

저의 잘잘못에 대해 궁금해하지 않았습니다.

잘한 것과 잘못한 것에 대해

어른으로서의 조언이 있어야 추후에 재발하지 않는데,

늘 아버지는 내가 알아서 잘하기만을 바랐습니다.

잘못하더라도 저를 지켜 준 적이 제 기억에 없습니다.

사실이 아니라면 죄송합니다.

제 기억은 그렇습니다.

두 번째 드는 생각은 '연민'이다.

한편으로는 이런 생각도 듭니다.

할아버지가 남겨 주신 그 많은 재산을

어쩌지를 못해 움켜지고 사는 동안

손가락 사이로 모래가 솔솔 빠져나가듯이

할아버지가 물려주신 재산이 모래알처럼 흩어져 버린

아버지의 지금 노년의 모습은

그 어떤 말로도 설명이 어렵습니다.

그 많은 돈 지켜 내시느라 얼마나 힘이 드셨습니까?

부자님 도련님으로 태어나신 아버지.

할머니께서는 항상 하얗게 풀 먹인 삼베옷을 입고
아들을 얻겠다고 매일 절에 가서
빌었다는 이야기를 들은 적이 있습니다.
그렇게 귀하디귀하게 태어나신 나의 아버지.

태어나 또 얼마나 귀하게 자라셨을까요?
내가 태어나기 전에 돌아가신 할아버지와 할머니.
'할아버지가 살아 계셨다면 하이 니를 얼마나 좋아하셨을꼬?'
라던 아버지의 말이 귀에 울립니다.

훤칠한 키에 잘생긴 얼굴, 기와집 도련님이었을 아버지.
'내가 너그 아부지와 이혼 안 하는 이유는 잘생겼기 때문이다'
라는
어머니의 말도 생각이 납니다.
사범부속초등학교와 진주사범학교라는 엘리트코스를 밟아 오
셨지만,
중간에 학업이 이어지지 못한 탓에 운전기사로
다시 농군으로 삶의 종착지를 향하고 있는 아버지.

살아 내시느라 고생하셨습니다.

오래오래 건강하고 행복하게 사십시오.

아버지 뒤에는 이 아들이 있으니

잘 키운 아들 자랑하면서 즐겁게 여생을 보내십시오.

어제 뵌 아버지의 모습은 살도 조금 찐 것 같고

얼굴색도 좋아 보여서 보는 내가 좋았습니다.

사랑합니다.

이것이 아버지에 대한

나의 두 가지 마음이다.

만약 나에게
아버지가 없었다면?

대학 때부터 이 생각을 해 봤다.
대학부터 박사 과정을 거치는 동안
'나에게 아버지가 없었다면
나는 지금과는 다른 모습이지 않을까?'라는 생각.

아버지라는 이름이 갖는 무게감 혹은 안정감.
그 안정감으로 인해 나는 내 길을 올 수 있었던 것이다.
만약 아버지가 계시지 않았다면
대학을 졸업하자마자 취직을 했을 것이고,
지금과는 다른 내가 되어 있을 것이다.

지금껏 나에게 아버지가 계셨기에
나는 내 길을 올 수 있었고,
지금 이 자리에 서 있는 것이다.
흔들리지 않는 진심이다.

존재 자체의 이유, 아버지입니다.

신형 그랜저를 선물했습니다

아버지께 검정색 신형 그랜저를 선물했습니다.

돌아가시기 전에 단 한 번이라도

멋진 세단을 운전하는 아버지의 모습이 보고 싶었습니다.

내 어릴 때 사장님 집 검정색 승용차를 운전하셨던 아버지.

그토록 많은 재산이 있었지만,

함부로 써 보지도 못하시고 다 날려 버린 재산.

단 한 번도 세단을 가져 본 적 없는 아버지를 위해

아들인 제가 검정색 그랜저를 선물했습니다.

주유 전용 카드도 드렸습니다.

현금은 매달 50만 원을 통장으로 넣어 드립니다.

친구들 만나서 식사도 하시고,

제가 드린 카드로 계산도 하세요.

3년 뒤에 더 큰 차로 바꿔 드릴게요.

올해로 연식이 4년이 되었지만,

아들이 사준 그랜저는 아직도 새 차와 같습니다.

아들이 사 준 차라고 귀하디귀하게 여깁니다.

온 동네 사람들한테 자랑거리가 되었나 봅니다.

멀리 여행도 다니시고,

친구들도 만나시고,

몸을 움직이셔야 건강을 챙길 수 있습니다.

창민이 다경이 결혼하고 증손주 볼 때까지 건강하시려면

몸과 마음을 늘 편히 하셔야 합니다.

건강은 제가 챙겨 드릴게요.

투룸 임대해 드릴까요?

"혁신도시 아파트에 사실래요?"
투룸도 싫고, 아파트도 싫다며 손사래를 치신다.

아버지도 덩달아 싫다고 하신다.
그래서 작은 원룸을 구해 드렸다.

버섯농사를 그만두신 후,
어머니는 진주에 있는 월경사 절에 자주 다니신다.
대곡까지 어머니를 태워 드리면
진주로 오는 시내버스를 타면 되는데,
아버지의 변덕이 심해서 엄마가 원룸을 요구하셨다.

"환아, 진주에 허름한 원룸 하나 구해 주라.
너그 아버지 때문에 못 살겠다."

"엄마, 이혼은 언제 하세요?"

농담이지만, 내가 고등학생 때부터
늘 입에 달고 다녔던 말이다,

혁신도시에 임대아파트가 있으니
두 분이 사시면 된다 해도 극구 사양하신다.
결국 신축 원룸을 구해 드렸다.

아버지까지 따라붙었다.
의령과 진주를 나들이하듯이
검정색 그랜저 세단을 끌고 진주로 유람을 하신다.

두 분이 사시는 모습이
내 늙었을 때 이런 모습일까 생각하면 그저 우습다.
예전에는 무서웠는데….

우리 아이들은
우리 부부가 싸우는 모습을 보면 어떨까?
이놈들은 날 놀리던데….

5부

고개 들어
별을 본다

지금 당장,
오늘 그리고 여기

한 생명이 태어나 자신의 생명이
다하는 날까지 살다 죽는 비율이 얼마나 될까?

오늘 아침 출근길에 나는
다섯 마리의 벌레를 밟아서 죽였다.

일찍 일어난 새는 벌레를 잡는다고 하지만,
일찍 일어난 벌레는 뭔 죄란 말인가?
그리고 출근길 내 구둣발 아래에서
밟혀 죽은 벌레는 또 무엇이고?

인간이 저지르는 가장 큰 오판 중에 하나가
지금의 모습 혹은 삶이 영원할 것이라는
착각을 한다는 것이라는데,
나는 지금 당장 여기 그리고 오늘
내가 원하는 삶을 살고 있는가?

스스로에게 물어야 한다.

좀 더 돈을 벌고 나면

좀 더 나이가 들고 나면

좀 더 아이가 자라고 나면

좀 더 좀 더 좀 더

그놈의 좀 더….

그때는 이미 많은 친구들이 죽고 없을지도 모릅니다.

젊은 사람들은 늙은 나와 놀아 주지 않아요.

외톨이가 될지도 모릅니다.

그 많은 부와 명예가 아무런 쓸모가 없어질지도 몰라요.

내가 오늘 당장 죽어진다면

내가 가진 재산은 자식과 가족에게 가겠지만,

오늘 내가 쓰러지거나 교통사고를 당했거나 상해를 입었거나

근무 중인 건물이 무너져서 죽지 않고 살아

중환자실에서 산소호흡기를 끼고 누워 있는 모습을 상상해 보세요.

요양원에서 죽을 날만 기다리며 누워 있는 모습을 상상해 보세요.

스스로 죽을 힘도 없어 마지막 남은 생명이 다하기를 고대하면서

온몸의 살덩어리가 삐쩍 말라붙어 있는 모습을 상상해 보세요.

내가 가진 재산을 병원에 다 갖다 줘도
내 몸 하나 살리지 못하는 죄인이 될 수 있다는 사실
살아 있다는 것이 오히려
죄가 될 수도 있다는 사실을 말입니다.

그래서 오늘, 지금 당장 여기서
당신이 원하는 삶을 살아야 합니다.
어쩌면 지금 여기서 죽을지도 모를 일이니….

* 네이버 지식 iN에 의하면 자연사로 사망하는 인구는 10% 정도라고
  합니다.

개가 주인을 무는 이유

개통령 강형욱은 알까?

개가 주인을 무는 이유를?

김동렬 칼럼리스트(?)의 글을 본 적이 있다.

'개가 주인을 무는 이유는 주인이 약하기 때문이다.

개는 원래 인간의 명령을 받아야 하는데,

약한 주인을 모시는 것이 엄청난 스트레스가 되어

그 스트레스 때문에 주인을 문다.'는 내용이었다.

주인을 물어 죽인 개는 반드시 죽인다.

왕을 죽인 신하 또한 반드시 죽인다.

지구 끝까지 쫓아가서 복수한다.

이런 복수의 예는 역사에서 허다하게 발견된다.

인간 세상의 모습이 이와 똑같다.

개한테 물리는 주인이 되려는가?

주인을 무는 개가 되려는가?

아니면,

개를 지배하는 인간이 되려는가?

주인한테 순종하는 개가 되려는가?

국가란 무엇인가?

김진명 작가의 장편소설 『고구려』를 읽고 있는 지금
나에게 화두처럼 던져진 질문.

국가란 무엇인가?

민초들은 태어난 곳에서 살고 있을 뿐인데
언놈이 쳐들어와서 고구려 백성이 되고,
선비족 백성이 되고, 진나라 백성이 된다.
누가 결정한 것인가?

왕?
누가 그에게 왕권을 부여했던가?
백성은 그저 제 삶을 살았을 뿐인데….

그릇에 대해

그릇을 키워야 한다고 한다.
자고로 남자는 통이 커야 한다고 했다.

이 말이 무슨 의미인지 몰랐다.
그릇의 크기는 타고나는 것이거나
나이가 들수록 경험이 쌓이면서
조금씩 커지는 것이라고 막연히 생각했다.

내 나이 오십이 된 어느 날,
번개처럼 머릿속에 정리가 되면서
이 말이 이해가 되었다.

그릇이 클수록 많은 것을 담을 수 있다는데,
그 그릇의 크기는 지식의 크기라는 걸 이제야 알겠다.

머릿속에 얼마나 많은 양의 지식을 담고 있느냐가

그 사람의 그릇의 크기이며,

그릇이 클수록 얼핏 지나치는

책 속의 문구 하나에서도 감동을 받고,

먼저 인생을 산 선배님들과 나누는

가벼운 술자리에서도 세상이 보인다.

그것이 혜안이다.

책을 읽어야 한다.

이 세상의 모든 책을 읽을 수 있다면

최고의 경지에 오를 수 있다.

나는 오늘도 책을 읽는다.

지식이 쌓여야 지혜가 생기고,

전체를 볼 수 있는 혜안이 생기는 것임을

이제야 알겠다.

나의 선언서

내가 교수였을 때
연구실 문 안쪽 면에 나의 선언서를 붙여 놓았다.

'내 나이 오십이 되면 나는 대학을 사직할 것이다.
그때 나에게 10억이 있다면 병원을 개원할 것이며,
100억이 있다면 대학을 만들 것이다.'

지금 생각해도 너무 허무맹랑한 선언서였지만,
65세 정년퇴직할 때까지 교수를 할 생각은 없었다.
죽기 전에 내가 하고 싶은 일을 한 번은 하고 싶었다.

난 지금 잠깐 멈춰 있는 중이다.
개구리가 점프를 하기 위해
몸을 웅크리고 자세를 낮추는 것과 같다.

더 높이 점프를 하기 위해

시간을 갖고 타이밍을 잡고 있는 중이다.

더 많은 독서를 하고, 더 많은 사색을 하고,

더 많은 침잠의 시간을 보내고 있다.

언제가 될지 모르겠지만,

또다시 점프하는 그날을 기대해 본다.

나의 소원

김구는 해방된 조국의 문지기가 되는 것이 소원이라 했는데,
나는 직원들이 펭귄에 출근하는 것을
부끄러워하지 않았으면 좋겠다.

작은 의원에 출근하는 우리 선생님들은
입구에 들어설 때 얼마나 부끄러울까?
화려한 빌딩이 있는 대형병원에
넥타이를 매고, 검은 양복을 입고, 어깨에는 백팩을 메고
보무도 당당하게 걸어 출근하는 직원들은 얼마나 좋을까?
.
.
.

나는 다만,
펭귄의원에 출근하는 것을
부끄러워하지 않았으면 좋겠다.

이것이 나의 소원이다.

나의 좌우명

왕을 죽인 자는 자신이 왕이 되지 않는 한 죽는다.
자신의 칼에 피 묻힌 자는 반드시 죽는다.
역사는 그렇게 무한 반복된다.

그래서 난
'단 한 명의 적도 만들지 않는다.'

이것이 나의 좌우명이다.

한때는 그랬지

중학교 다니던 시절

그리고 고등학교

또 대학 시절

그리고 졸업 후 사회생활을 하는 동안

나는 끓어오르는 화를 참을 수가 없었다.

중1때부터 친구들과의 싸움이 시작되었다.

중2때 62명이던 우리 반 친구들 중에

30명과 1대1로 싸움을 했다.

중3 졸업식 전날 교실 뒤편 바닥에

피가 홍건할 정도로 싸웠던 적도 있다.

엄지손가락을 제외한 양손 8개의 손마디에

붕대를 감을 정도로 아팠다.

대학 때도 화가 멈춰지지 않았다.

불의를 보면 못 참는 것이 아니라,

나와 생각이 다른 그 어떤 것에도 화를 참지 못했다.

.

.

.

이제 분노는 가슴에 품는다.

잊히는 것이 아니라, 가장 현명한 방법을 찾는다.

시간의 차이일 뿐 내가 원하는 것은

이루어지고 해결이 된다는 것을 안다.

그래서 시간을 번다.

싸움은 내가 가장 잘 싸울 수 있는 곳에서

반드시 이기는 싸움만 해야 하기 때문이다.

나이가 든다는 건

참 슬픈 일인 것 같다.
늙어 버린 몸뚱어리를 어찌지를 못해
산목숨 부지하며 사는 말년이 되기는 싫다.

"여보, 내가 늙어서 치매에 걸리거든
땅에 파묻어 버리세요."
"그냥 요양병원에 입원시켜 드릴게요."
"그래도 난 당신이 치매에 걸리면
내 죽을 때까지 당신을 안고 다닐 겁니다."

어제 새벽에 들어온 남편을
기다리던 아내와 잠깐 나눈 대화다.

"내가 죽거든 화장해서 뿌려 버려라.
아빠 바람이 되고 싶구나.
살아서 너무 힘들었기 때문에 죽어서는

바람이 되고 싶단다.

바람이 불면 아빠가 왔구나 하고 생각하렴."

늘 내 아이들에게 하는 말이다.

대학을 마치고, 석사·박사 과정을 거쳐 오면서

스스로에게 물었다.

"너는 박사가 되려고 하는 이유가 무엇인가?"

'이학박사 이문환'이라는 비석을 세우고 싶다.

이랬던 청년 이문환은 이제

나이 50이 되어 보니 모든 것이 부질없고,

아무 의미 없다는 걸 알겠다.

난 미련이 없다.

지금의 내 모습만으로도 잘 살았다고 늘 생각한다.

지금 당장 내게 죽음이 온다면

난 담담히 받아들일 수 있을 것 같다.

그만큼의 힘듦이 반영된 것이다.

눈물이 흐른다.

독백

예의를 지켜라.

품위를 지켜라.

나이 따지는 인간들 제일 싫다.

치료에 대한 확신을 갖고 치료해라.

나 스스로 설명하지 못하는 치료는 하지 마라.

미꾸라지 새끼가 되지 마라.

세상일이 두부 자르듯이 안 된다.

고뇌가 깊을수록 말수가 줄어든다

여러 변수를 고려해야 하기 때문이다.

최종 결정은 내가 한다.

리더의 절대 고독.

내가 책을 쓰는 이유를 아는가?

.

.

.

늘 나에게 던지는 말들이다.

사람이 산다는 것

난 내가 행복해야 된다고 믿었다.

난 내가 공부를 많이 해야 된다고 믿었다.

난 내가 돈이 많아야 된다고 믿었다.

난 내가 힘이 있어야 된다고 믿었다.

그래야

그 행복으로,

그 지식으로,

그 돈으로,

그 힘으로

다른 사람을 행복하게 할 수 있고,

지식을 전할 수 있고,

후원을 할 수 있고,

베풀 수 있다고 믿었다.

이러한 믿음은 물론 현재도 변함이 없다.

10여 년 전.

기아자동차 스포티지 광고 문구를 난 잊을 수가 없다.

아빠가 아들에게 말한다.

"강한 자만이 부드러울 수 있단다."

나도 그런 줄 알고 있다.

틀렸을 수도 있지만, 생각이 다를 뿐.

나는 내 삶을 간다.

지난주 한 정당 모임에 나갔다가 깜짝 놀랐다.

자기소개를 하는데,

다들 환경, 정치, 여성, 동물 등

사회를 배려하는 마음이 가득한데,

나는 그들과 달랐다.

나는 오직 나에게만 관심이 있을 뿐이라는 사실을 발견했다.

물리치료사, 작가, 펭귄의원.

나를 소개한 세 개의 단어였다.

묘했다.

이거 뭐지?

내가 살아온 삶은 뭐지?

그리고 이 사람들은 뭐지?

살아 보니

누군가를 가르치고 누군가의 마음을 변화시킨다는 게
참 힘들다는 걸 알았다.
아니, 불가능하다.
어떤 지식을 습득하고, 현상을 바라보는 관점이 변하는 것은
제3자의 교육으로 혹은 설득으로 되는 일은 아닌 것 같다.

대학교수였던 내가, 물리치료사들을 대상으로
10시간씩 강의를 하는 내가
수십 수백 명의 시민들을 대상으로
강의를 하는 내가 내린 결론이다.

사람은 교육으로, 설득으로 변하는 것이 아니라,
고뇌 혹은 사색을 통해 스스로 학습이 되고,
학습된 지식을 바탕으로 깊은 사색을 하고,
그 결과 현상을 바라보는 관점이 바뀐다는 것을 알게 되었다.
오직 스스로 깨우쳐야 관점이 변하는 것이지,

제3자의 가르침과 설득에 변하는 것이 아니더라.

나이 오십이 되면서 더 이상 꼰대 짓은 하지 말아야지.

나는 내 갈 길을 가면 된다.

나는 내가 할 수 있는 일을 하면 된다.

그 길을 따라오는 자가 있다면 스스로 깨우칠 것이며,

사색을 할 것이며, 관점이 바뀔 것이다.

나이 오십을 바라보면서 가을이 오니

나 또한 감정이 복잡하다.

요즘은 누군가를 만나는 것도 의도적으로 피한다.

세상 사람들과 논쟁을 벌이는 것도 하지 않는다.

어른이 된다는 것

나는 어른이 되고자 했다.

시쳇말로 난 단 한 번도 어른다운 어른을 만나 보지 못했다.

삶이 지쳐 힘들 때, 위기에 봉착했을 때

조언을 구할 어른이 없었다.

나의 게으름이나 나의 능력 부족 탓일지도 모른다.

아니, 오히려 나의 가난 때문은 아니었을까?

비단, 나만의 문제는 아닐 것이다.

부의 세습 문제가 21세기 대한민국 청년들의 큰 화두이듯이

젊은이들이 모델로 삼을 만한 어른이 없는 현실이다.

물리치료계에서는 더 그렇다.

실제로 어른이 없다 해도 과언이 아닐 것이다.

이 세상에 어른은 없고 꼰대만 있다.

이 말이 정확할지도 모른다.

오래전부터 나는 나이가 들면 어른이 되고자 했다.

젊은 물리치료사들이 세상을 살다 지쳐 힘들 때

조언을 구할 수 있는 사람.

그 사람이 내가 되고자 했다.

아니, 나였으면 했다.

어른은 어떤 모습이어야 할까에 대한 고민도 참 많이 했다.

정답은 없지만, 나는 어른으로 늙고 싶다.

어지럽구나, 눈물이 난다

지난 6년의 지나온 메모 글을 읽었다.

난 항상 기록하는 습관이 있다.

요즘은 주로 스마트폰 메모장을 이용한다.

많이, 죽어 버리고 싶을 정도로 힘들었던

지난 6년의 기록을 보면서 눈물이 난다.

다 기억이 난다.

2019년.

모든 게 안정을 찾은 지금

지난 시절

내가 힘들고 고뇌했던 메모를 읽어 보니 눈물이 난다.

.

.

.

지금은 2021년.

마음이 많이 편하다.

시를 적을 수 있을 만큼….

에너지 보존의 법칙

인체는 36.5도 항온동물이기 때문에
대기열과 열평형을 맞춘다.
추우면 몸을 뜨는 대사 과정을 통해 열을 발산하고
더우면 땀으로 열을 배출시켜 36.5도를 맞춘다.
모든 에너지는 균형을 맞춘다.
물리학 법칙이다.

인간의 영역도 이와 다르지 않다.
나간 힘과 들어온 힘의 총합은 같다.

나를 좋아하는 사람이 열이면
반대쪽에 나를 싫어하는 사람이 열이 있다.

나를 좋아하는 사람이 많아지면 많아질수록
반대급부로 싫어하는 사람도 딱 그만큼 많아진다.

나를 싫어하는 사람이 나를 상처 준다 해도
반대쪽에 나를 좋아하는 사람이 있으니 기죽을 일이 없고,
반대로, 나를 좋아하는 사람이 있어 기분이 좋다 해도
나를 싫어하는 사람도 그만큼 있으니, 늘 조심해야 한다.

이들이 나를 무너뜨리는 힘으로 작용한다.

말수를 줄이고,
행동반경을 줄이고,
늘 자중하고 진중한 목소리로
발걸음을 해야 하는 이유다.

우물 안 개구리

우물 안에서 개구리가 보는 세상
그게 전부인 줄 안다.
작은 우물보다 좀 더 큰 우물에서
하늘을 바라보면 더 큰 세상이 보인다.
그보다 더 큰 우물에 사는 개구리는
더 넓은 세상을 보게 된다.

이 세 개구리는
자기가 본 하늘이 세상이라고 말한다.

가장 큰 우물에 사는 개구리가 가장 혜안이 넓은 개구리다.
우물 밖에 있는 개구리는 우주의 전모를 볼 수 있을까?
결국 우물 밖에서 보이는 하늘을 전체 우주로 착각한다.

나 역시 그렇다.
질환에 대해 혜안을 얻었고, 전모를 안다고 말하지만,

좀 더 큰 우물에 들어앉은 한 마리 개구리라는 사실을.

머슴은 나이가 벼슬이다

100년 전만 해도
양반, 상인, 중인, 평민, 천민과 같이 계급이 있었다.
나 역시 살아 보지 않은 역사이지만,
생각해 보면 알겠다.

양반의 아들이 5살이라 해도,
50 넘은 머슴은 '도련님'께 허리를 굽신거려야 했다.
천민, 평민, 중인, 양반으로 이어지는 계급의 사슬 속에서
머슴들은 그 어떤 신분의 차이를 만들 수 없었기 때문에
나이가 많은 머슴이 갑질을 하면서
이런 말이 탄생한 것이 아닐까?

'머슴은 나이가 벼슬이다.'

이런 모습을 우리 주변에서 흔히 본다.
신분 차별이 철폐된 현재를 살고 있는 우리들이지만,

오히려 나이로 갑질하는 사람들은 더 많아진 것 같다.

'너 몇 살이니?'로 일괄 정리된다.

대한민국에 머슴이 이렇게 많았나?

하기야, 조선 시대 양반의 수는

조선 인구의 4~5% 정도였다고 하니,

그때나 지금이나 내 주변에서 만나는 사람들의 대다수는

천민이었을 수도 있겠다는 생각도 든다.

군인은 먹은 짬밥 그릇 수가 중요하고,

공무원은 '하루 땡볕이 중요하다'고 하더라.

이놈의 계급의식은 인간의 본능인가 보다.

식욕, 성욕, 수면욕.

그리고 제4의 욕망인 계급 혹은 벼슬 욕망.

왕을 죽인 자는 반드시 죽는다

왕을 죽인 자나 죽임에 가담한 자는 반드시 죽는다.
지금 죽지 않으면 나중에라도 죽고, 살아서 죽지 않으면
죽어서 죽는다. 부관참시(剖棺斬屍)당한다.

살아서 살고자 하면 더 많은 사람을 베야 한다.
적들을 베면 벨수록 적들은
자신이 벤 사람의 숫자만큼 오히려 늘어난다.
하늘도 어쩌지 못할 정도의 적이 생긴다.

늘어나는 적들을 살아서 모두 벨 수 있다면
살아 있을 때는 살겠지만
결국 죽어서 죽는다.
부관참시당한다.

상대가 있는 게임이다.
죽임을 당한 왕은 나에게는 나쁜 놈이지만,

상대방에게는 좋은 왕이었다.

그들에 의해 죽는다.

사는 방법이 있다.

살고자 한다면 살아 있을 때 자신의 피를 흘려야 한다.

손목을 자르고 어둠의 세계에서 벗어나는 조폭들처럼

살아서 용서를 구해야 한다.

자신의 몸에 피를 흘리면서

상대의 분노를 온몸으로 막아 내야 한다.

그렇게 자신은 죽겠지만, 자식은 산다.

어쩔 수 없다.

애초에 가지 말았어야 할 길이었음을

뒤늦은 후회를 해 본들 되돌릴 수 없다.

오판을 내린 자신의 잘못이다.

자기가 죽인 왕이 적군의 왕이었다는 오판이 부른 참사다.

- 내가 보는 윤석열의 미래 예측 -

하루하루가 지친다

월요일 아침.
환자를 대면하기가 무섭다.

하

지

만

환자를 치료하기 시작하면
에너지가 생긴다.
몸에 땀이 흐른다.
환자 몸에 손을 대는 순간 온 신경세포가 살아난다.

.

.

.

그렇게 하루가 지나고
그렇게 1주일이 지나고

그렇게 1달이 지나간다.

.

.

.

그렇게 보낸 세월이 50년이다.

앞으로 또 얼마나 많은 세월을 보내야 할까?

그래도 아침에 눈뜨면 출근할 공간이 있고

나를 믿고 몸을 맡기는 환자가 있으니

이 또한 즐겁지 아니한가!

고개 들어 별을 본다

아, 얼마만이던가?

고개 들어 별을 본 지가.

카시오페이아 북두칠성, 그 끝에 가장 빛나는 북극성.

아이들과 캠핑을 왔다.

산자락에 자리 잡은 통영동원로얄CC

축구하는 아들과 아이돌 되겠다며 월·수·금 댄스에

목요일은 보컬 수업

아내는 진주시청 교통계 공무원이라

서로 다들 바쁘니 시간 내기가 힘들어

참 오랜만에 캠핑을 왔다.

여전히 스마트폰으로

아들은 축구 동영상을 들여다보고

딸은 리조트 스피커로 나지막이 들리는

음악 소리에 어떤 가수의 무슨 노래라며 따라 부른다.

가끔은 이렇게 고개 들어 밤하늘을 보고 싶다.
혹시 있을지 모를 내 별을 찾을지도 모르니깐.

나이가 들어갈수록 하늘을 올려다보게 된다.
당연했던 것들이 당연하지 않고,
있어야 할 곳에 있어야 할 이유가 있는
존재가 있음으로 인해
또 내가 있게 된다는 사실을 알아 간다.

하늘과 땅 그리고 그 중간에 위치한 나
아멘 할렐루야 관세음보살
신의 가호가 있기를!